警視庁強行犯捜査官

北芝健
Kitashiba Ken

さくら舎

目次

警視庁
強行犯捜査官

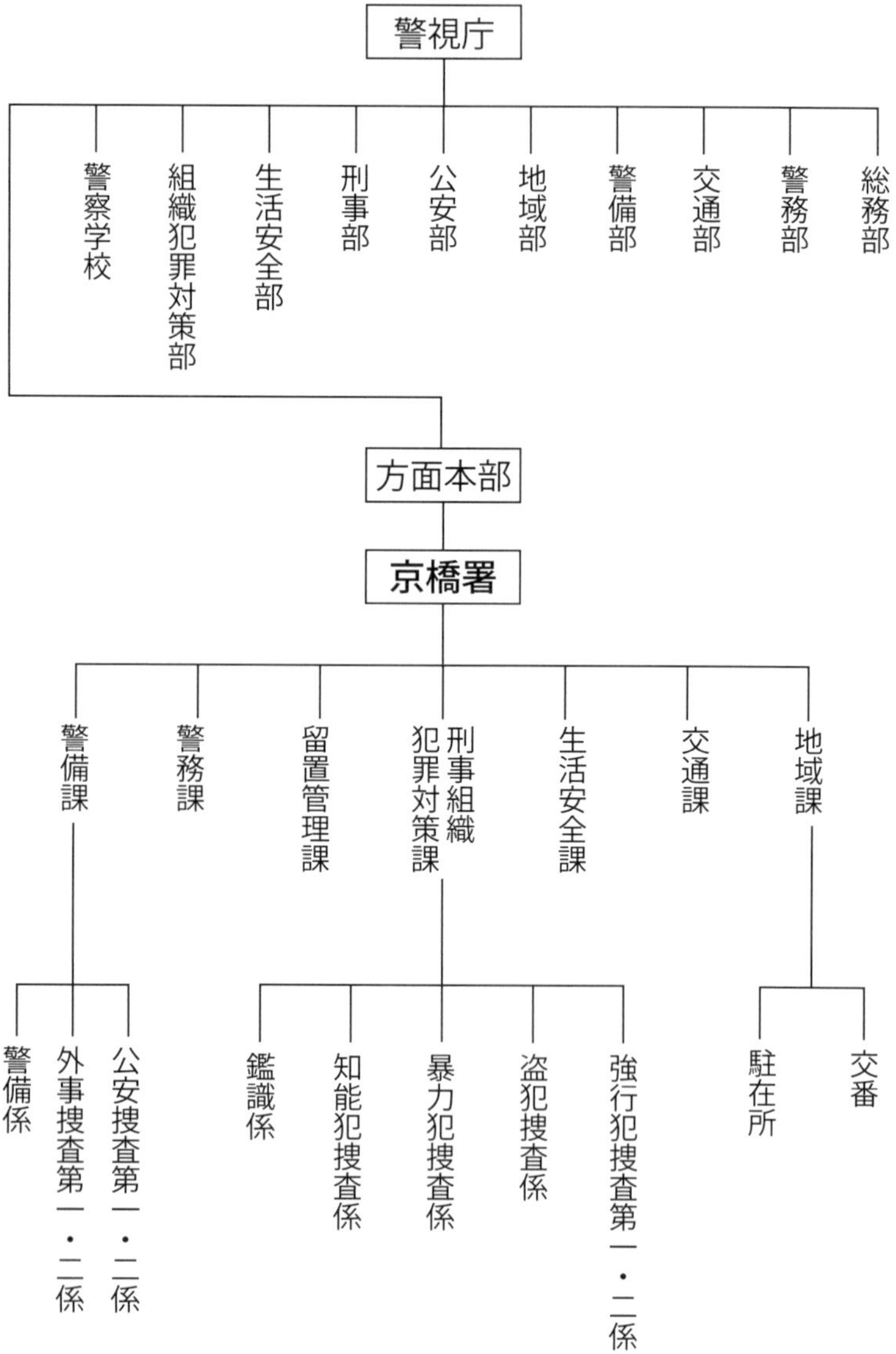
警視庁
警察学校
組織犯罪対策部
生活安全部
刑事部
公安部
地域部
警備部
交通部
警務部
総務部
方面本部
京橋署
警備課
警務課
留置管理課
刑事組織犯罪対策課
生活安全課
交通課
地域課
警備係
外事捜査第一・二係
公安捜査第一・二係
鑑識係
知能犯捜査係
暴力犯捜査係
盗犯捜査係
強行犯捜査第一・二係
駐在所
交番

第１章　VS.多国籍マフィアin六本木

男という種族で生きて行こうとしたら結構つらいものだ。

好きな女が、こちらの生物特性から来る欲求に応えてくれない時。

その女が七、八割自分を気に入っているが、「最終段階」まで行く気もない。

「決定的交渉」を明確に意図して表示する手段はさまざまあれど、相手がこちらを拒絶する手立てもさまざまだ。

意思をハッキリ込めたメールを送るとする。相手がこちらをプロフィットの対象にしていたり、利用価値もある対周囲的にも自己顕示用メリットもあるという場合、一見巧い返信をする。曰く、「言葉ってすごく難しい。男性としての存在を見ていないのではないけれど、その前に人としての魅力で満たされてしまう」だの、「まだ未熟だから男女の独特な感性がよく理解できていない」「答えはわかっているけど、男性ってなぜ一人の人を愛し続けることができないのか。不幸な例をたくさん周りで見てしまっているのでほんの少し怖さがあって」、あるいは「男性としての部分をクローズアップして好きになることはほとんどなく、やっぱり人間性が基本」「会うといつも元気をもらうし、人として尊敬しているという意味で大好きだし」などという字句が並ぶ。

苦心して文字を打っている様子が目に浮かぶが、結果は欺瞞《ぎまん》たらたら。

しかし、そこを意識していようがいまいが、おそらく自己欺瞞を起こして脳内に麻酔効果を発現させているせいか、いとも簡単にそこを乗り越える。

「また会ってくれたらやっぱり嬉しい」とか「時間をかけて私を理解してほしい」などと結ぶ。

少々でも「罪の意識」を感じる場合には「今の状況がいいはずがないのはわかっています」と来て「でも運命を変えていくには、まず自分自身が変わらないと。それがなかなか難しいですね」と双方にとって意味不明の語句で終わったりする。

一種、見事と言ってよい程の美辞麗句に仕上がるのは、よほどの悪女でない限り予想外の出来だろう。

ま、その女は寝屋における極めて動物的な快楽追求行為の対象としてこちらを選んでいないわけだ。

こんなことを考えながら神一太郎《じんいちたろう》は所轄署である東京・京橋警察署の刑事組織犯罪対策課に帰って来た。

私服捜査員の日勤は通常八時三十分から午後五時十五分まで。

一般の会社より起伏は激しいが、静かな日もあれば荒れた日もある。

午前中、署の行事や取り調べ、書類の処理で忙殺されることもあれば、早朝からの捕物や張り込みの交代、突発事案が発生して緊急配備につかされたり、管内の〝親密住民〟が署にアポなしで訪れて事件相談をしてきたりする。

暴力団の対立抗争、少年犯罪者集団の日々のケンカ行事、外国人事案は言うに及ばず、変死体でも発見されたら昼メシは食いっぱぐれることもしばしば。

凪《なぎ》の日にはそれでも懸案事項の聞き込みや過年度の持ち越し事件の情報収集で、午後〝檀家〟回り（地元の有力者や協力者を訪ね情報交換すること）をしたりできる。

二十九歳になったばかりの神が署に戻って来たのは午後四時半。

これが絶妙の時間である。

大卒で原隊は地域課の巡査長である神は自分より年下だが所轄で一応「主任」と呼ばれる巡査部長を無視して、警部補である係長にまず簡略報告をするが、出かける際に「入船町の強盗で」とか「ソープの㊙《マルサツ》の野郎の立ち回りで」などとブリーフインフォメーションを投げてから行くから強行犯捜査第一係長の笹原《ささはら》も「了解。ごくろうさん」と言って、また書類に視線を戻したりする。

その直後に決まって神の外回りの結果を聞きたがるのが、二人いる課長代理のうち植松《うえまつ》という名の新米警部だ。

「神ちゃん、どうだったね」と自席の前に呼ぼうとする。

ポジションに敬意を表してやって代理席のデスクの前には立つが、面倒くさい場合には「こないだと大差ないっスねえ。新規はねーってとこかなあ」と植松の頭越しに刑事組織犯罪対策課長で警視の新垣《あらがき》の顔を見ながら言う。

新垣は神の表情から幽《かす》かな情報を読み取り、植松に「おーい、植松代理よ。代理大使してくれや。副署長に大事な親書手渡してもらいてえ」と自席前に呼ぶ。

代理の植松が即座に立ち上がり新垣のところへ行くと封筒に入った「親書」を手渡す。

中身はビール券だが、その日、副署長を中心に署内の出身県人会をやることを知っているので「好意」を示すのだ。

行動はパシリだが、植松と副署長は以前の所属である生活安全部の少年事件課で一緒だったこともあり、植松に「だべる」機会を与えてやるとともに、非常に体《てい》のいい「人払い」をするのである。

植松は十分ほどは戻って来るまい。

その間を利用して新垣は直接、神から聞き込みという情報収集活動の成果を耳に入れるのだ。

時刻は午後四時四十五分。

神の報告が七、八分程度。

そのあと、新垣が一杯飲むアポイントメントを神と笹原に取りつけて課内の公式行事は終了だ。

新垣は、交番やパトカーを所掌する地域課の課長代理から自分の下へ異動してきたばかりの植松に大して関心がなかった。

仕事がよくできて頼りになる笹原や、地域課からの転用で強行犯捜査一係にいる神と相性がいい。

午後六時に管内を少しはずれたところにある小料理屋で三人は落ち合う約束となった。

午後五時四十五分。

帰り支度を整えた新垣が、署長室に入って行く。

署長の警視正・上青木《かみあおき》は新垣を自席から立って出迎えた。

上青木はその昔、警察学校を終えて「卒業配置」された所轄で新垣と出会っている。

卒業配置になった新人警察官は配置先で必ず「指導巡査」という教育係の先輩につかなければならないのだ。

その指導巡査が新垣だった。

いわば兄と弟以上のかかわりである。

署長室に二人のほか誰もいなかった。

「先輩、ここんとこ歩行者天国はアベック狙いの路上強盗ばかりですねえ」と署長の上青木。

「ああ、埼玉と千葉の犬の糞が味しめてやって来やがるからな。次のHOLIDAY PRO《ホリデープロ》MENADE《ムナード》（歩行者天国の「ゆかたで銀ぶら」イベント）で挙げてやるさ」

「ところで今日は？」

「地域課から転用させてる神な。来月、外国人の強制捜査決まったんで急襲《ウチコミ》やるからよ。転用期間延ばせや。おめえから地域の課長に言っといてくれ」

「了解しました」


小料理屋は「千草《ちぐさ》」といった。

店主だった仁井村《にいむら》は腕の良い板前だったが、一年前に脳溢血《のういっけつ》で他界した。

今は長男で有名料亭勤めから戻って来た明男《あきお》と母親の純子《じゅんこ》が、明男の嫁とともに店を切り盛りしている。

新垣は仁井村と生前懇意にしており、小さいながら個室のある「千草」を仕事柄重宝していた。

密室ならではの利便性で、困りごとの相談に乗ったり、情報を持って来た者と時間差で出入りしたり、時には密会を希望する厄座者《やくざもの》にこの個室で会ってやったりする。

また、「千草」は自分の所属する署の管内を外れているのがいい。

何かと便宜をはかってやっているとか、役職を利用して勘定を薄くさせているなどの底意地の悪い風評伝聞を立てられずに済む。

新垣は二つある個室の一ツに入った。

女将の純子が明男の嫁を無視して突き出しと氷の入っていない水のグラスを持っていく。

「おつかれ様です」

「ああ、御苦労さん。笹原キャップと神がおっつけ来るんだが、オレは一足先に一杯やっとくワ」

「芋ですか、それとも麦？」

「芋だな、やっぱり」

「はい」

熊本産芋焼酎の湯割を啜《すす》りながら新垣は強行犯事案の概要報告書類に目を通した。

強行犯捜査の対象は殺人、強盗、強姦、恐喝、変死、その他特殊な事件、たとえばハイジャックや爆弾犯、誘拐にまで及ぶ。警察本部の捜査一課と同じことをより身近なゾーンの所轄というディヴィジョンでやるのだ。

所属する警察官は全員私服で勤務する。

つまり捜査員とか刑事とか呼ばれる者たちだ。交番やパトカー勤務の者は私服員と行動しないかぎり厳密には捜査員とは呼ばれない。彼らは地域警察勤務員である故、制服制帽の外装だ。

しかし例外がある。

地域課所属でも署長と刑事組対課長が、あるいは生活安全課や警備課公安捜査係の責任者が、地域課員をその技能や特性でピックアウトし、私服の捜査活動に転用することがあるのだ。

神一太郎は交番勤務からその捜査能力と技能を求められ、刑事組織犯罪対策課に事案解決まで引っこ抜かれたのだった。

神にとって捜査員に転用されるのは初めてではない。

アメリカ大統領が来日した時、中国の主席が来日した時、そしてサミット、選挙違反取締本部と過去四度の私服勤務を経験している。

主として警戒、警護、通訳が勤務内容だったが、そこで捜査対象事案が発生すれば聞き込みから取り調べまでできる。

転用が終わればまた交番に戻されるのだが、神にとってはヴァリエーションのあるこの状況が気に入っていた。

交番勤務ではお巡りさんと一般の人々に呼ばれ、私服勤務では刑事さんと呼ばれる。

地域警察の制服一辺倒の勤務では味わえない別種の、それも数え切れない社会の断面に接することができた。

「千草」に笹原と神がやって来た。六時きっかりだ。

「お待ちですよ」

と女将の純子。その声を聞いて個室から、

「おう、来たか。上れ」

と新垣。

すぐに小規模酒宴が始まった。

「来月な、ちょいとごっつい打ち込みやることにしたよ」

小部屋には七、八人のキャパシティがある。三人では広すぎるようだが、全員一定の背格好をしているうえ、しっかりした筋肉が背広の下についているため、この個室に数分で馴染む。

純子は、いつもながらこの男たちの質量から発するエナジーに驚いていた。

「お前、講習の話は来てねえのか」

神の猪口《ちょこ》に酒を注《つ》いでやりながら、新垣が訊く。

「ボチボチだっていうネタは流れて来てるんだが」

笹原が口を開く。

「公安でおめえを欲しがってるからな。そっちの方の講習かもしれねえぜ」

「かまわんさ、笹ちゃん。公安で欲しいんなら取らしとけよ」

「……なるほど。それもそうだ。課長がそれでいいんならそうしときますか」

「わかんねえなあ。何言ってるんスか、課長もキャップも」

新垣がニヤリと笑い、笹原も口の端で面白そうな笑みを浮かべて猪口をグイッと傾けた。

「笹原キャップはお前をおっぽりなげた訳じゃねえんだ。いずれ俺たちと雁首《がんくび》ならべて捜査活動ができる」

「よくわからねえスよ。公安に持ってかれちまったらオレ……」

「課長の腹は読めてるからオレもうなずいてんじゃねえか」

笹原の目が笑っている。

新垣がYシャツのトップボタンをはずし、ネクタイをゆるめる。

「笹原キャップも同じ読みだろうが、オレはお前が何でもいいから講習に行ってくれりゃあと思ってる」

「どんな講習でもスか」

「ああ。生活安全講習だろうが公安講習だろうがな」

「ということは」

「どの講習に行っても基礎的に習う内容は一緒だ。事件捜査に必要な捜査書類作成だの尾行だの張り込みだの取り調べだのってのは、法律っていうルールが変わらねえんだから実務要領も変わらねえ」

笹原が続ける。

「公安捜査員やってたって、刑事部に行ったり、生活安全部や組織犯罪対策部で活躍してる奴アゴロゴロいるってことよ」

「そうなんだ。オレの警察学校初任科の同期もあんちゃんの頃は公安やってたんだが、今じゃ組織犯罪対策四課の理事官になってる」と新垣。

「そースか……」

「でよ。オレにゃお前を直でこき使うプランがある」

とまたニヤリ。

「お前が公安講習に行かされて公安に入れられたとする。ま、しばらく公安外事のメシ食ってオシャレな捜査しとけ。警備課長にナシつけて、お前をウチに引っぱるからよ」

「そんなことができるんですか」

今度は笹原が口を開いた。

「できる。どこの所属でも気兼ねってやつがあって二の足踏むがな。実ァ雑作もねえことなんだ」

　神の話はこれっきりになった。

「打ち込むのは神奈川の管内だが」

と新垣が少し姿勢を前に傾ける。かなり濃い顔立ちの新垣が下から見上げると何でもない言葉でもリキが入った風に響く。

「ネタはウチのゾーンで起きてるから打ち込みが何処だろうとやっちまうんだがよ。対象が日本人じゃねえ」

「湊《みなと》町の信用金庫強盗事件かな」

　と神。

「ま、それしかあるめえ」

　と笹原。

「うん。湊の信金強盗は目撃者の話じゃアジア系つーことだったが、面白れえハナシが入ったんさ」

「面白れえハナシ……」

「アジア系で捜査して、はぐれチャイナの二人組はたしかに犯人として検挙《アゲ》た。だがゼニは別の誰かに車で持ち逃げられたとして、半分強しか戻らねえ。信金側がＯＫしたから捜査本部は解放して一件落着になった」

「で、神奈川のどこかと、どうくっつくんスか」

「ところは横須賀、ヒトはアジア系だ」

「チャイナ……じゃねーんですか」

「ちげえねえが英語をべしゃりやがるんだとよ」

「ホンコンかな」

「英国本土のチャイニーズって線もある」

「いや、ネタモトからのハナシじゃアメリカ語だったとよ」

「課長のネタは外事二課からじゃありませんね」

「そうなんだ。外事一課さ」

「てことは、そのチャイナさんの国籍はアメリカだ」

「米国海軍の兵隊って形のチャイナ……じゃ小物すぎるな」

「ドブ板通に近い所に居所があるってよ」

「神奈川県警は気付いてないのかな」

「七係別室の言うには全くだとよ」

「何人スか」

「外一でいま視察中だが六人。内訳はチャイナ四人、白人一人、黒人一人だ。楽しめそうだろ」

「ウチの陣容は」

「オレに笹原キャップにお前。植松代理は連絡デスクで残しておく。外事一課から出張って来ちまうのはしゃあねえが、刑事警察の方は捜査一課も来るし、組対二課と四課も来るんだ」

「でけえ捕物になるんスね」

「ああ。オレもあと一年か一年半で異動だろ。生臭え話だが栄転しちまった時の思い出にレクリエーションしときてえ」


三人は日本酒八海山《はっかいさん》を適度に飲み、肴《さかな》は柳葉魚《シシャモ》、厚揚げ、豚の角煮だった。豚の角煮は新垣が、他界した「千草」の亭主の仁井村に特注してからレギュラーメニューに入った料理だった。

新垣の両親は三十代の男女の頃、沖縄から熊本にやって来た。鹿児島でも構わんじゃないかという者も屢々《しばしば》居るが、琉球人としては、その昔の薩摩の侵略と占領がＤＮＡの片隅にあって、本土移住となると圧倒的に熊本に来る人が多い。

それに古い琉球人は半ば史実のごとく熊本の熊を球磨《くま》といい、琉球の球と確固たる繋がりがあるのだと主張してきた。

「オレが九ツの時分に親父が東京へ出ることを決断したんだな」

「当てはあったんスかね」と神。

「はじめは川崎で間借りしてたらしい。あすこにゃ今でも琉球町があるからな。そういや笹ちゃんよ。アンタも縄文くせえな」

「アハハ、そりゃもっともだ課長。オレのルーツは山形ですからね」

「神よ、お前は葛飾の出だそうだな。ルーツをたどりゃどこだい」

「関東から行った東北人ですね。じいさんばあさんが秋田なんで」

「こらァ愉快じゃねえか笹ちゃん。花のお江戸の真ん中で縄文ルーツがお三方酒盛りだ」

酒は、いつしか徳島の「梅錦《うめにしき》」に変わっていた。

「梅錦」は警察庁長官をやった故「後藤田正晴《ごとうだまさはる》」の故郷の産だ。

やはり故人だが、戦後日本の大フィクサーと呼ばれた「児玉誉士夫《こだまよしお》」も「梅錦」を愛《め》でた。

「おっと十時か」

「おや早えな」

「早いスね」

三人が腕時計を見る。

「俺りゃ一足先に家路だ。神よ」

「はい」

「細かいことはキャップから聞いてくれ。笹原キャップよろしくな」

「了解」

新垣は、神と笹原を残して店を出た。

おそらく一年後は、この京橋警察署には居るまい。

本庁《ほんぶ》の組織犯罪対策部の組対二課でチャイナマフィアの事件を扱っているか、組対四課でヤクザの事件担当管理官になる公算が大きかった。

神一太郎というのは新垣にとって、手下の捜査員というだけの存在ではなかった。

本庁へ異動になったら神を引こう。

笹原は黙っていても古巣の捜査一課へ戻って行くはずだ。

オレは神を使って、いい仕事ができる。

神も、捜査本部要員としてオケージョナル（不定期）な使われ方をしている今の立場から、本部捜査員として伸びて行くかもしれない。

神自身は所轄を楽しんでいるようだが、本庁も悪くない。

「警視庁本部吸い上げ」で神も本庁捜査は経験しているが、事件の百貨店のような現在の使われ方より専門の畑で大きな実をつけさせてやりたかった。

「行こうや」

笹原が時計を見ながら言う。

笹原が燗《かん》をした梅錦の最後の猪口を空け、神も仕上げの茶を啜《すす》った。

二人は千草をあとにした。

ぶらぶらと新橋から有楽町方向へ歩く。

「おめえ明日の勤務は？」

「宿直《チョク》ですよ」

「そうか六部の泊まりだったな」

「キャップは週休だったスね」

「ああ、今日、泊まり明けを潰しちまったが眠くもねえや」

「何か食いますか」

「おお、そうだな。千草の酒肴《しゅこう》は旨えが、品がいい。腹にたまらねえときもあるな。おめえは何食いてえんだ」

「牛丼、と言いてえところスが、キャップが嫌いだからなあ」

「まだ十時半だ。ゼニゃあるから好きなところへ連れてってやる」

「ハハ、そう来られちまうと六本木かな」

「この野郎」

と、苦笑しながら笹原が流しのタクシーを拾う。

タクシーは飯倉の交差点を抜け、左手にロシア大使館を見ながら、ネオンがバカ明るい六本木の中心へ入って行った。

交差点から一〇〇メートルほど手前で車が止まる。六本木らしい夜の渋滞だ。

笹原と神は躊躇《ためら》いなく車を降りた。

六本木の安売り雑貨店の近くの横断歩道を渡る。

墓地に近いところで深夜までやっている中華料理店「好飛苑《こうひえん》」に向かう。

路上にはナイジェリアのマフィアも居る。

ロシアマフィア、イランマフィア、チャイナマフィアがそのナイジェリアマフィアも含め、売春、麻薬、銃器などの闇ビジネスで日本の暴力団と繋《つな》がっていた。

横断歩道を渡り切らぬうちに笹原が神に言った。

「おめえ、あの白人見覚えねえか」

「あの、黒人と一緒の……さっき課長が見せてくれた容疑者写真の中にあったやつじゃねえスか」

「ちっとばかし早く現れやがったな」

ハリウッド俳優ルトガー・ハウアーの若い頃に酷似した風貌の白人男と、やはり俳優のジェイミー・フォックスに似た黒人の男が連れ立って歩いて行く。

外国人がやたら多い六本木では目立つはずもない二人連れだが、笹原の眼力に捕えられた。

いずれ横須賀における急襲捜査《ウチコミ》で出くわすはずの二人だが、今夜東京に存在するということは、彼らにとって不運なのか。あるいは、笹原と神にとって貧乏籤《くじ》なのか。

ルトガー・ハウアーとジェイミー・フォックスは人混みの中を、ある目的を持っているように、やや足早やに六本木交差点に向かって進んでいた。

笹原と神は苦もなく尾行に移った。

幾度となく笹原は、真正の容疑者を対象とする尾行訓練を神に施した。

刑事講習でも尾行訓練の科目はあるが、笹原のは厳しい実務的教育だった。

低いがよく伝わる音声で、

「おせえぞ、上《あが》れ」

と言うと、神が対象への距離を詰めて行く。

「近《ちけ》え、下《さが》れ」

と言うと、通行人二人分ほど神が対象から遠のく。

過去に行った尾行の実地訓練で神は公安捜査員のそれと遜色ないレベルに達していた。

こんな六本木の夜の、混雑した路上の尾行など難しいことは何もない。

ルトガーとジェイミーは気付かぬ様子で横断歩道を三菱ＵＦＪ銀行側へ渡る。

渡り切ってから、そのままミッドタウン方向へ直進した。

「ミッドタウンにゃ行くめえ」

笹原が低くシッカリと断言した。

その言葉を裏付けるようにジェイミーとルトガーは次の信号、横断歩道で左へ向きを変え
「カフェ・ド・パリ」の入っているビルの方へ渡る。

ビルの上方には「ＰＲＩＶＡＴＥ　ＨＥＡＶＥＮ」という大きな横長のネオンが輝きを放っていた。

ジェイミーとルトガーは、路上にたまっている大柄な黒人たちに目もくれずに、ビルのエレベーターに向かう。

一メートル九〇はあろうかという、黒スーツ着た名物ガーナ人が白人のルトガーに、

「Sir' how' s your day?」

ルトガーは、ガーナ男に一瞥《いちべつ》もくれずにエレベーター前へ。

無視されたガーナ男は肩もすくめずプライベート・ヘヴンのチラシを手に、他の好色そうな男たちを物色にかかる。

笹原が短く神に命じる。

「相乗れ」

神が答える。

「了解」

プライベート・ヘヴンは、いわゆるトップレスバー。

ほぼ九割のダンサーが白人の女で、他はヒスパニックありブラジルのメスティソあり、日本人も二、三人居る。

がっちりとした骨組みの大柄なヨーロッパ人や北米人の女たちが大きな乳房をゆらせながら踊り、三つあるステージのいずれにも突き立っているメタルバーに体をからみつかせている。

ジェイミーとルトガーは、店の入口で七千円ずつを払い中に入った。

神も少しディレーして入る。

ジェイミーとルトガーは、ステージをざっと見渡す。

三つのステージとも白人の女が踊っている。

ジェイミーがルトガーに何かささやき、ルトガーがジェイミーの視線の先へ目をやった。店の一番奥のソファ席に、日本人とおぼしき五十代の男と、その男の両脇にぴったりとくっついた金髪と黒髪の女が居た。

ジェイミーとルトガーは迷いなく、その日本人の座っているシートへ向かう。

そのシートのすぐ隣りの席にはボディガードと一目で見てとれる三十代の男が二十代後半の男と共に座っていた。

「ヤクザもんだな」

神の耳元で声がした。

笹原だ。

「キャップ面《メン》割れますか?」

「いや、知らねえツラだ。東京もんじゃねえだろう。いちよ」

「ハイ」

「女割って来いや」

「了解」

神が動いて、南米人の外見を持つ年配のウェイターに近寄る。

英語で、件《くだん》の金髪とブルネットを席に呼びたいが……と申し入れる。

千円も握らせれば通常、どの女も指名客がいようがいまいがウェイターが一時は注文を聞いて、その客の席へ回してくれるものだ。

しかし、南米人風のウェイターは少し硬い表情を見せた。

あの客が帰らなければ回せない、金髪がイリーナでブルネットがダイアンだ、とは教えてくれた。

ベラルーシとアメリカの女だった。

ベラルーシのイリーナは日本語ができる。あの客が帰ったら回すと言って二千円を神から受け取った。

こういった種類のトップレスバーのダンサーたちは、店にもよるが短期間しか居つかない。ビザの種類で三ヶ月ほどから半年位は滞在する者が多いが、やはり「居心地」やら「儲かり具合」で店から店へ渡り歩く。

また、面接もあるから、落とされた「非美人」や「非魅力的体形」の者は東京の下町や郊外のいわゆる「ガイジンバー」に行き、そこで人種特性を見せて収入を得る。六本木で、乳房を出して踊れるというクラスはエリートとは言わないが、ある種のＳＥＬＥＣＴＥＤであることは間違いない。

彼女たちは、やはり店にもよるが一日一万円から一万五千円を店に「支払う」。

ソープ嬢が店にタオルからはじまってさまざまな名目で金を支払い、客に奉仕して得た金を自分の収入にするのと同様のシステムだ。

トップレスダンサーは、ではどうやって金を得るのかと言えば、ステージでエロティックな半裸を見せて客に品評してもらって、三つのステージを続けてこなしたあと客席に降りて行く。ホステスのように客の傍らに座ってトークもするが、例外なくその客に「スペシャルダンス」を注文させるよう仕向ける。

スペシャルダンスは、カーテンで仕切られたゾーンや二階で大きな鉢植え植物で目隠しされたフロアにいくつか大きなソファ仕様のチェアがあり、客はこのチェアに座ってダンサーのエロティックな密着ダンスを「受ける」のだ。

乳房を客の顔に押しつけたり、客の股間にまたがってセクシャルな動きをロックミュージックかヒップホップ一曲分の時間続けるが、客がダンサーに触るのは禁止。

当然、客はこの一曲の時間に行われる「サービス」へ七千円の対価を支払う。

「ワンモア?」

と巨乳の白人美女に股間をズボンの上からとはいえヒップやヒザで刺激されるから、

「イ、イエス……」

と言ってしまう日本人男性も多い。

そうすると更に七千円追加。

ダンサーは店に支払った金をクリアできる。このスペシャルダンスを十本もこなせば七万円の現金が手に入るから、英会話教師の比ではないプロフィットだ。

酔客が乳房をつかんできたり、股間に指を差し込もうとするルール破りの者がいたら、暗がりだが彼女たちのサインでバウンサーと呼ばれる大柄な黒人が飛んで来て、ドスの利いた声と仕草で制止されるシステムになっているから、ダンサーたちは一種安心して「仕事」ができる。

神の席に、ベラルーシのイリーナがやって来た。

黒っぽいキャミソールドレスの胸元から、こぼれんばかりの肉塊が二ツ、存在を主張している。

金髪をかき上げてイリーナが日本語で言った。

「ノミモノ、もらってもイイ？」

「いいぜ」

と神が笑みを作ると、イリーナはウェイターに手を振る。

イリーナの言で、オーストラリア人だというウェイターがやって来た。

聞きなれないドリンク名を言っている。

「オールライト」

と軽く返事してセイン・カミュによく似た白人が立ち去った。

やがてメタルトレイに載せたカクテル様のものをイリーナの前に置く。

「カンパーイ！」

イリーナがニッコリと笑って日本語で言う。

どこかで見た感じの顔だ、と神は思った。捜査仕事の中にある記憶ではない。

ハリウッド映画に出てくる女優だった。

そうだ！　ケイト・ベッキンセールにそっくりなのだ。

「コノ店ハジメテ？」

「うん」

「気にイッタ？」

ニヤリと神が笑い、

「イリーナだけさ」

と言うと、

「オジョウズ」

とヒザに触る。

日本は七回目だというベラルーシのケイト・ベッキンセールはスラヴ語的アクセントがとこ

ろどころにあるものの、実に程度の高い日本語をしゃべった。

ベラルーシというところは、旧ソビエト連邦に組みこまれていた関係でロシア語も話されるが、ベラルーシ語という地域言語があるのだ。

インド・ヨーロッパ語族の中の東スラヴ語に入るが、九世紀から十一世紀はキエフ・ロシアの支配下に入り、十二世紀に独立公国になったものの、十四世紀にはリトアニア大公国の支配を受け、一五六九年ポーランドと合体になり、一七九五年のポーランド分割でロシア領になった経緯がある。

その後は、第一次大戦後、ポーランド独立に伴って一九三九年までポーランド領だった。そして、一九九一年のソ連崩壊により独立宣言をし「ベラルーシ共和国」となった。

こういった理由からベラルーシ語にはリトアニア語やポーランド語の影響が随所に見られる。

こういう歴史の国は他言語習得に長《た》けている。

イリーナの日本語の上達の速さや巧さも、そういったベースを踏まえてのものかもしれない。

神は他愛もない話をする中で、先刻の五十男が日本人の飲食店経営者でヨコハマから来ていることや、ジェイミーとルトガーがアメリカのビジネスマンで、ヨコハマの飲食店経営者とはたびたびこの店で会っていることを摑《つか》んだ。

一方、笹原はジェイミーとルトガーから目を離さない。

神がイリーナとしゃべっている間に、ジェイミー、ルトガー、五十男に近接した席に座り、聞き耳を立てていた。

少し興味深いことに、五十男は英語でルトガーたちと会話していた。

発音に日本なまりはない。

おそらくヨコハマのインターナショナルスクールに高校まで通った経験があるだろうと、笹原は踏んだ。

笹原には羽田空港警察署での勤務経験があり、一定レベルの英語能力がある。

ルトガーたちと五十男は、女の話で盛り上がっていた。

ルトガーとジェイミーがロサンゼルスのコカインパーティでの男女乱交の模様をＦＵＣＫＩＮという少々口汚い表現を交えたり、女性性器を指すタブーワードのＣＵＮＴを連発しながらしゃべる。

五十男も負けずに、東京の性風俗事情を語っていた。

その話とヨコハマの自分の経営しているダイニングバーの客の面白話を交ぜてジョークにしていたから、たちまち笹原が情報を摑んでしまった。

五十男経営のダイニングバーは元町入口に近く、ＪＲ石川町駅からも歩いて行けるところに位置する「ＤＥＷ５」と出たが、ルトガーたちとこのＤＥＷ５の経営者が何を企図してここで会っているのかがハッキリしない。

　刑事組対課長である新垣のプランしている横須賀アジト急襲は、東京・中央区湊町の美那登《みなと》信用金庫現金強奪事件の容疑からだが、月が変わると同時に実施だということだから、あと二日しかない。

　ジェイミーとルトガーは、横須賀のアジトにいるアメリカンチャイニーズとつるむ黒人と白人であるはずだから、当然二十四時間の行動確認がついているはずだった。

　となれば、行動確認任務についている捜査員が二人はこの店か表にいることになる。

　しかし、この入場料七千円を取るトップレスバーの店内を見渡しても、それらしき人物は見あたらなかった。

　ひょっとしてカネがないのか。

　七千円は捜査員にとって大金だ。

　店の表でジェイミーとルトガーを張っている可能性が大だった。

　となれば、ダイニングバー経営者とアメリカ人二人が連れ立って店を出ない限り、ここでの彼らの接触風景は取れていないわけだ。

　行動確認要員は、おそらく本庁の組織犯罪対策部組織犯罪対策二課の者のはず。

　この部署は二〇〇三年三月まで刑事部の国際捜査課だった。

笹原の警察学校初任科の同期生が管理官をしている。

笹原はトイレに立つふりをして、ジェイミーたちから見えない、しかしこちらは彼らを見ることのできるところへ移動して携帯電話を取り出した。

三度ほど呼び出し音が鳴って組対二課管理官で警視の高田《たかだ》が出る。

「おれだ、笹原だ。……そりゃ何とかやってるさ。ところでな、ウチの管内のミナトの一件のウチコミだがよ。……そうか、コーカクつけてるか……安心したぜ。でもおめえんとこのボウズどもは六本木のトップレスバーにゃ入って来てねえな。……ハハハ、そんなに驚く話じゃねえよ」

笹原は手短に店内の様子を語り、行動確認要員の捜査員が三名、店の外に居ることを知った。

さて、イリーナと神はどんな運びになっているのかと思った。

神のやつ、イリーナのようなタイプは好みだろう。

となると、神は後日イリーナと逢うという展開にもなろう。

笹原は神の携帯に電話した。

組対二課行確員とダイニングバーＤＥＷ５の経営者の話を伝え、神からはイリーナたちが明日の夜、ヨコハマのダイニングバーＤＥＷ５に集合をかけられている情報を得る。

ダイニングバーＤＥＷ５には、明晩一〇人の白人女が六本木の店がはねた後、休みの女たちも含めて、マイクロバスでヨコハマへ運ばれるらしい。

イリーナは一人一〇万円で朝が来るまで、という条件に性行為提供のあからさまなポイントを見、断るつもりだ、と神に語ったという。

笹原がニヤリとした。

イリーナは神が気に入ったらしい。

神の聞き出しも巧かったようだが、偶然明晩の予定の話から駒が出たと見える。

ヤクザから声がかかった場合、日本人の水商売の女の大多数は断れないか、その条件がイヤだったら勤務先を辞めるしかない。

外国人の場合でも大差ないようだが、トップレスバーのダンサーたちもカネで体を見知らぬ者に自由にさせることを厭《いと》う者厭わぬ者とがある。

しかし、白人ホステスバーの脱がない女たちに比べたら、やはりカネで転ぶ率は高いようだ。

この店の場合、地理的に縄張りを仕切っているのが関東覇王会で、店に資本参加をしているのも覇王会のフロント企業だ。

となると、と笹原は考えた。

ヨコハマのダイニングバーＤＥＷ５の規模はまだわからないが、一〇人の白人女たちを夜中から朝まで調達するのは、それなりのクラスの男たちが対象だろう。

ジェイミー、ルトガーそして四人のアメリカンチャイニーズがそれに当たるかもしれない。

残り四人はＤＥＷ５の経営者と地元の大物ヤクザ、となるか。

笹原は自分の席に戻った。

先ほどまでステージで踊っていた大柄な金髪女が、直ぐさま寄ってきた。

二階でスペシャルダンスはどうか、と持ちかける。

笹原、グラスを持ち上げ、飲み物を飲む動作と同時に神の方を見た。

イリーナもいない。

金髪女が笹原の視線の先を鋭くとらえ、

「イリーナなの？」

と訊く。

「まあな」

と言うと、

「あの二人は二階に行ってるわよ」

という答え。

ルトガーとジェイミーとＤＥＷ５の経営者もまだ居る。

神はスペシャルダンスを受けている。

笹原は金髪女に言った。

「この一曲が終わったらイリーナのお相手のあんちゃんのところへ行ってくれ」

と七千円を渡す。

女は喜んで笹原の頬に口付けし、

「サンキュー」

と言って二階への階段の方へ歩いて行った。

神がイリーナに受けているスペシャルダンスは濃厚なものだった。

二十九歳の神は下半身の変化はもとより、自分の精神がイリーナに惹き付けられつつあるのに驚いていた。

容姿が美しいだけではない。

話をしていて気立ての良いことがわかった。

明晩の予定を訊ねた時、意外な情報を入手したことも嬉しかったし、今日店がはねてから飲みに行く約束ができたのも幸運だと神は思う。

スペシャルダンスの曲が終わり、イリーナと共に立ち上った時、金髪の大柄な女が、

「あなたの友達に頼まれた」

と言って、またイスに座らされたのにはとまどった。

笹原に電話をかける。

「イリーナは不愉快な顔してねえか」

と笹原。

していた。

「してますね」

「じゃあ下へ降りて来い」

と笑いながら言う。

金髪の大柄な女は不労所得を手にしてこれも喜んでいた。

ジェイミーとルトガーが席を立った。

続いて五十男とボディガードたちも、ゆるゆると立ち上った。

こいつらは駄目だ。

と笹原は思った。

ボディガードの配置は別として、五十男を防護する気概がこの三十代と二十代の野郎どもからは微塵《みじん》も感じられなかった。

五十男自身が磊落《らいらく》なタチなのか、あるいは地元横浜で比較的安全な位置にいるのか、そのあたりから来る警戒心のなさが笹原をして、彼らを少し気の毒に思わせた。

敵対行動を取る性格の悪い者たちが仕掛けてきたら、第一波的行動は避けようもない。それでも敵対者たちに致命的な打撃を与えられるだけの胆力や体力、気迫が五十男に備わっているような気がしないでもなかったが。

店の表でジェイミー、ルトガーと五十男たちが別れた。

組対二課の行動確認要員が三名居るそうだが、そのうちの一人は五十男の追尾に回るのだろう。

五十男は二十代半ばの坊主頭の黒スーツ、ノーネクタイの男が運転する車で来ていた。

神がナンバーを控える。

笹原も、神がしているように上着の右ポケットに手を入れ、中でチビた鉛筆で堅めの折った紙切れにメモを取った。

後部席に五十男の乗った白塗りの四ドアＢＭＷが発進する。

間に一台置いて、品川ナンバーのコロナダークシルバーが付いて行く。

ジェイミーとルトガーは、また、六本木の雑踏の中へ歩き入って行く。

プライベート・ヘヴン側から洋菓子喫茶「アマンド」の方へ横断歩道を渡る。

ここで、神と笹原は組対二課の捜査員らしき男二名を確認した。

一人は四十年配のダークスーツにネクタイ、もう一人は神ほどの年格好でジャンパー姿だった。

ジェイミーとルトガーは飯倉方面つまり東京タワー方向へ歩き、コンビニエンスストア「ポプラ」の前を過ぎ、二ブロック程行った所で右へ折れて小さな路を入る。

一〇メートル程下った左手に、地下のクラブ「ブルーパルス」とあり、二人は看板のネオンを二度見することもなく階段を降りて行った。

捜査員風の二人も間隔をとって続く。

地下の「クラブ」はタバコのケムリで空気が薄紫色になっていた。

天井にすえ付けられた映像プロジェクターからは壁にビーチリゾートの写真が投影されている。胸と局部を小さな布で隠しただけの発育良好《ウェルビルト》な若い白人娘たちの姿体《したい》が、きらめく太陽のもと躍動する生命そのもののように映し出されていた。

店は五十畳ほどのスペースだが、カウンターあり、ＶＩＰシートあり、ＤＪブースありで、今時のクラブに必須のものはすべて備わっている。

客は黒人が七割。それにくっついている日本人娘たち、白人女性、白人男性という構成。

少し間を置いて店内に入った神と笹原は、組対二課の捜査員とおぼしき二人が、ごったがえしているフロア中央で、黒人のカジュアルウェアの男たち、四、五人に取り囲まれているのを見た。

階段を降りていきなりバイオレンスのはじまりを感覚した二人は、すぐさま人をかきわけてフロア中央へ突進した。

組対二課員風の二人は黒人たちの強烈なパンチを浴びていた。日本の武道と異なって、ヨーロッパもアフリカでも拳《こぶし》で人間を打つ時は、体重をシフトさせて、フック気味に左右に殴る。あるいは、拳をかためてねじ込むようにストレートで顔面に叩き入れる。

二人の日本人は、頬の肉が裂け、血を飛び散らせながら抵抗していた。

しかし黒人たちは顔面攻撃に加え、二人の背後にまわった者たちが膕《ひかがみ》を蹴り込んだりした。

二人は堪らず床に倒れる。

無様に床に落ち込んだ二人に黒人たちがケリを入れはじめた。

笹原と神が蹴りを入れている四、五人の黒人のうち二人の股間をうしろから足の甲で、足首に近い所に陰嚢《ツリガネ》が来るように蹴り上げた。

二人の黒人は声を上げずにやや前かがみに床に膝をついて、ほぼ同時に崩れ落ちた。睾丸を蹴り上げられると、体が自然に反応して呼吸が止まってしまう。

笹原と神は素早く足を引き、次の格闘行動に備えた。

黒人が二人倒れてしまうと、残るは三人だということが視界に瞬時に入って来る。

三人は半秒ほど呆気《あっけ》にとられたが、迷いなく次の行動に移った。笹原と神に掛かって来る。

笹原と神は腰を落として構えた。

二人が神に、残りの一人が笹原に突進した。

神に向かって来た二人は、この場所が、狭く、人が混んでいる状況から、一人が真正面から攻めている時に一人が背後に回るというダーティストリートファイトの典型的作戦を取れなかった。

しかし、ケンカなれしているということは次の瞬間、神が読む。二人は二正面作戦を取ったのだ。

神から見て左の男が右腕でフックを放って来る。

ほぼ同時に、もう一人の男が神の股間を蹴り上げてきた。

腰を落としていた神は左腕を曲げ肘を突き出すようにしてフックを防ぐと同時に、右腕を内側から半月形に強く回して、蹴りを体の外へ叩き落とす。

そのまま右足を軸として、フックを放った男の股間へ左足甲を蹴り入れる。

男がまたもや前のめりで、無言のまま口をあけ両膝をついた。

蹴りを放ってきた男は、叩き落とされた際に崩れた体勢を立て直し、ワンツーのパンチを繰り出してくる。

フックの男を蹴ってから素速く足を引いていた神は、軸足を左に置きかえ、前進してきた男の左こぶし右こぶしを開掌《かいしょう》でハタキ落としつつ、体重が乗っている左足の内ヒザを右の足刀で斬るように蹴った。

男は横にどっと倒れ、痛みに顔をゆがめる。

笹原はと見ると、足元に寝ころんでいる黒人男を見おろしながら上着をなおしていた。

「出よう」

笹原が倒れている二課員の脇の下に手を回して抱え、立ち上がらせる。

神も、もう一人を抱えて立たせ、入口の方へ促す。

外に出ると、白ナンバーのグレーの車がブルーパルス入口直近に駐まっていた。

傷だらけの二課員風の二人を、車の中にいた男一人が見て即座に車を降りて来る。

「どうした！」

「アフリカンにやられたんだよ」

「どなたです？」

「こっちだよ」

「ア……そうでしたか」

笹原は、ひとさし指をひたいのまん中にくっつけた。

「あんたは？」

「組対二課です」

「管理官は高田かい？」

「ハイ……」

「じゃあ話が早ええ。電話して京橋の笹原と出くわした、と言ってくれ」

「了解しました」

二課員は携帯電話を取り出してかけはじめる。

傷だらけの二課員二人は車の後部席に納まっていた。

神は二課員と笹原のやりとりや、車に乗りこんでへたっている傷を負った二課員のことも感覚に入れていたが、目はブルーパルスの入口から離さなかった。

ジェイミーとルトガーは今にも出て来そうだ。

あれだけの騒ぎを知った、ということは官憲が駈けつけてくる前にズラかるしかないからだ。

笹原も同じ読みをしたらしい。

「車、離しとけ」

と二課員に指示し、入口から死角になっているゾーンへ動く。車が入口を直近から四、五メートル移動した。

その瞬間、ブルーパルスの入口からジェイミーとルトガーが出て来る。

ササッと周りを見渡し、二人は大通りへ出てロシア大使館方向へ足早に進む。

入口からの死角に身を隠していた笹原と神が二、三人の通行人を間に入れて追尾。

笹原はジェイミーとルトガーに約一〇メートルの距離をおいて尾行。そのすぐ後を神が追う。

ジェイミーとルトガーは、せわしなく両足を交互に運んで前へ進む。

通行人をどんどん追い越して行く外国人二人のうちジェイミーが携帯電話を取り出し、何かしゃべっている。数回のやりとりが行われた風だが、いきなりズボンのポケットに携帯電話を放り込んだ。

「何か請求しやがったか」と神は考える。

と、ジェイミーとルトガーが右肩をかすかに下げ、鳥居坂の角を右へ曲がった。

ジェイミーが先に立って曲がったのだが、チラとこちらへ視線を走らせた。

一瞥《いちべつ》というやつだが、意思が込められていた。

日本の官憲が追って来ないかどうかの確認だ。

鳥居坂は、車も人も多かった。

約二〇メートルくらい人も車も途切れている部分が見える。

黒い大型ＳＵＶが、グゥーと前に出るのが目立つ。

そのうしろを走っていた軽トラックも、その黒い大型ＳＵＶを追いかけるようにスピードを出す。

その二台を抜いて黒い国産セダンが前へ走って行った。

すぐに黒の大型SUVの陰に隠れて国産セダンは見えなくなる。

その時！黒の大型SUVが急ブレーキをかけた。

キキーッ
ドン！後続の軽トラックが大きな音をたててモロに追突する。

軽トラックの荷台にゴムカバーをかけて積まれていた積み荷が、一瞬宙にハネ上げられゴムカバーのヒモが切れて空中で拡散した。

大量の空きペットボトルだった。

車道はおろか、左右の歩道に散乱して、見えているスペースを埋めつくした。

まさに、足の踏み場もない。

宙にハネ上げられ、飛散したペットボトルが鳥居坂の中腹の車道、歩道を占有する形になった。

なぜか神は気になってうしろを振り返った。

組対二課の車がやって来ている。笹原が言った。

「今日は終《しめ》えだ」

神は理解した。

交通事故を演出されて、ジェイミーとルトガーは国産セダンと共に消えた。

これがジェイミーとルトガーの背後で関係する〝組織〟の働きである。

笹原が苦笑する。

「なかなか上手《うま》い」

「そうですね」と神。

組対二課の車も先へ進めないし、車を降りて捜査員が追いかけようとしてもペットボトルの海を渡れない。

制服員の乗った白黒のパトカーを投入したくても時間的に間に合わない。

いずれにしても、ここから先は所轄の交通課員の事故処理。見たところ、黒のＳＵＶに乗っているのは日本人二人。

軽トラックの一人も日本人に見える。

交通事故処理員は轢《ひ》き逃げを解明する交通捜査員以外、事件分析行動を取らない。

つまり、「この事故」は事故の装《よそお》いでジェイミーとルトガーを逃がす上手な工作だったのだ。

ボコられた組対二課員たちVS.黒人たち。

英語の完璧な五十男。

湊の信金の強奪金の半分を持って行ったとされるアメリカンチャイニーズ四人と白人ルトガー似、黒人ジェイミー似。

新垣が外事一課、外事二課、組対二課、情報提供者たちから集積した情報はどうやら正確の域にあった。

信金の被害額は六億円。

半分戻ったが、残りの三億は神奈川にあるか。

ジェイミーとルトガーを今晩押さえても、容疑が固まらなくて、四人のアメリカンチャイニーズに逃亡《タカトビ》される。

情報を基に急襲捜査《ウチコミ》は明後日になっていたが、白人女を集めて明日の夜、横浜の店「DEW5」で会合を開くとなると一日前倒しだ。

笹原と神は強奪事件の関係者との出くわしや地下クラブでの荒事、等々で交感神経は起きていたが、空腹感は消えなかった。

鳥居坂から六本木のメインストリート外苑東通りへ戻る。

少し歩く。

うどん屋があった。

笹原と神が顔を見合わせる。

このうどん屋は「実業家」がやっていたが、背後では暴走族ＯＢグループによる投資も行われていた。

それを知っている二人はうどん屋をスルーして六本木通りとの交差点を渡り、ミッドタウンへ。ビル一階にあるイタメシ屋を選んだ。

笹原は表通りの見える席に座り、四人席ながら神は向かいの席に座る。

「おめえイリーナとは何時でえ」

「一時に」

「ゼニゃあるんか」

「何とか」

「こいつ……用心で持ってけ」

と万札二枚を渡す。

神は片手で拝んで受け取る。

慣例だが、次の給料日十五日に返す暗黙の約束だ。

神がカプチーノにゴルゴンゾーラのパスタ。笹原はペンネアラビアータにエスプレッソだった。

ガバ、ガバ、ガバと二人は小麦のヒモを食って、さめかけて丁度体に良温度になったコーヒーをザバッと飲み干した。

「心から愛してやれ」

笹原は神に言い置いて都営大江戸線に乗った。

神は、三〇度の礼をして見送る。

イリーナを六本木交差点で拾った神は、タクシーに「エビス」と告げた。

恵比寿のロータリー口《ぐち》直近にある三軒のラブホテルのうち、一番大きいのに入る。

レストランに入るようにイリーナも極めて自然に神と共に建物に入った。

部屋に入るなり、いきなりの濃厚キス。着衣を解く間ももどかしく先へ先へ急ぎ体を重ねる。

イリーナの体は柔らかく、あたたかく、そしてその心も神を包みこんでいた。

時に激しく、時にテンダーに二人は互いを愛した。

時空が流れる。

前から約束していたのだ、この愛は。イリーナも思い、神も思った。けだものの愛ではない、人間の愛だった。

翌日の朝、午前七時に二人は目覚め、互いを強く意識し合った。

午前八時。

神が麻布十番のイリーナの住まい前に一人でいた。
イリーナの住居は二ＬＤＫの中型マンションだったが、共に暮らす三女性がいる。
ベラルーシ、ウクライナ、スロヴァキアから来た者たちだった。
イリーナは二階の踊り場から手を振り、神も片手を上げて、タクシーに乗り込む。
「京橋」
タクシーが道路を滑り出す。

第2章　横浜強制捜査

午前八時なのに大して混んでいない。何と八時二十五分に京橋警察署の前に着いた。セーフである。

刑事組織犯罪対策課に入って行くと、強行犯捜査第一係デスクに笹原が来ていた。

ニヤリと笑う。

「事件、あったようだな」

「ありました」

淡々と神《じん》。

「四十五分に指示だとよ」

「了解です」

四階へエレベーターで上る笹原と神。

エレベーターを出て左へ行くと公安の部屋。神たちは右へ行き、普段は特別捜査本部《ちょうば》用に空けてある五〇人ほどが入る部屋へ。

捜査本部仕様のその部屋は、長デスクとイスがビッシリ揃えられ、この日は捜査本部いわゆる「帳場」が「立っていない」ため警電用の電話機もなかった。

一人も来ていない。

時計を見ると、午前八時三十五分だった。

「帳場のねえ時は淋しいもんだな」と笹原。

「全くです」

湊町の信金強盗の特別捜査本部があった部屋だが、チャイナマフィア二名を捕まえて、犯行が立証されてから捜査本部は解散となった。

午前八時四十分。

ドカドカドカ！と私服の捜査員たちが部屋に入って来る。

警視庁のモットーたる「五分前行動」の見本のような行動だ。

男たちは約二〇人。

京橋警察署一〇人、組織犯罪対策部組織犯罪対策第二課三人、組織犯罪対策第四課五人、外事一課二人、という陣容。

前詰で二〇人がまだ着席せず、ガタガタとイスを動かしたり、書類をデスクに置いたり。

そうこうしているうちに、新垣が課長代理の佐原《さはら》を従えて部屋に入って来る。男たちの右端最前列にいるダークスーツが叫ぶ。

「気をつけっ！」

新垣が男たちに正対してまっすぐ前を見る。

「課長にィーッ、注目ッ！」

「ごくろーさん。楽にしてくれや」と新垣。

「なおれっ！」

「はい、座んな」

新垣のカジュアルな物言いに一同ホッとした空気。

これで署長でもいると杓子定規にやらねばならぬ。

しかし、この部屋で最高位の階級である警視は課長・新垣ただ一人だった。

実力と階級はしばしば均衡が取れないが、新垣の階級と捜査実力は誰もが認めるところで、この世界の力を二ツながら備えていた。

「着席ッ！」

一同が座る。

「よろしいかな？　ちょっとばかし前倒しだが本日十五時出発で横浜へ強制捜査《ウチコミ》だ。管内の美那登信用金庫《シンキン》の強奪関連で、被疑者《マルヒ》のチャイナマフィアが自白《ウタ》った情報《ネタ》が根拠《モト》だ。横浜にゃ二十四時間視察員くっつけてある。信金強盗の犯人《ホシ》は、横須賀に居所《ヤサ》があるんだが、そこにゃ一分隊程度が行く。本丸は横浜んなったからよろしく頼む。回ってる書類《カミ》よーく読んでくれりゃわかっちまうが、横浜の不良者《グレモン》も込みで一〇人が対象《てえしょう》だ。よーくわかってるだろうが、自前の携帯は切っといてくれ。官品《おしきせ》の携帯だけ使う。午前中に情報《ネタ》確認して、シャリつけ十三時。拳銃弾込めして十四時半ガレージ集合、十五時出発。ハマ着いたら、しゃーねー、神奈川県警《けんけい》に十七時ツラ出しアイサツして十八時から待機。犯人《ホシ》や関連人物《レツ》がイリを終わった時点でウチ込む。以上！」

「気をつけ――っ！」の号令のもと、全員がガタガタッと立つ。

「いいよ、いいよ、そのまま。じゃあな」

と片手を上げて新垣がドアへ向かう。

「着席！」

ガヤガヤがはじまる。

資料をチェックする者、時計を見る者、メモ帳をめくる者ｅｔｃ。

京橋警察署知能犯捜査係別室。

一人の白シャツ、タイ姿の中年男と笹原、神がいる。

「とりあえずよ。笹ちゃん、横浜行くわけだ」と白シャツ。

「ああ、ちっとばかし長《なげ》えドライブさな」

「頭使いの犯人《ペテンホシ》はいねえってことだ。オイラも行きたかったぜ」

「フフ、手ェ空《す》いてんのか？」

「結婚詐欺《アカサギ》一匹へえってんだがよ。もう全部自白《ウタ》ってる。運転回し《ワッパ》で連れてってもれえるよう
に課長に言ってくんねえかい、笹ちゃん」

　笹原、ニヤリと笑って立ち、

「ちっと行ってくらあ」

　神と白シャツが知能犯別室に残される。

「おめえも転用が長くなったなあ、神《じん》」

「おかげさまで」

「でもよ刑事組対課《ウチ》はもうちっとで、こんだ公安に持ってかれるってえ噂《ハナシ》出てるがよ」

「人事全くわからねえス」

「公安に行くのはバカじゃねえって証拠だからよ。いいんだぜ、おめーにとっては」

「何やったってみっともねえ仕事しなけりゃ……」

「そうだ。戦後七十年で一番酷《ひで》えレベルだかんな警察はよ」

「全くです。近ごろ要領しか使わねえ。昇任して楽してえ、給料分働かねえバカ増えすぎです」

「全くだ。アタマ五〇〇人が二七万人使って財務省《ザイム》から予算引っぱるための検挙率こさえてる制度じゃ市民《みなさん》救われねーやな」

そこへ笹原が戻って来る。

「かまーねーってよ」

「お、そいつぁー有難《ありがて》え。いいワッパ回すぜよ」

何だかわからないが三人とも変に明るい気分になって「アッハッハ」と笑った。

昼メシは、笹原と神が外へ出た。

警察署《PS》を出て、ぶらぶら歩く午前十一時三十分。

笹原が腕時計を見る。

「こんな時間じゃ、シャリつけ楽だな」

「そうスね。リーマンも並んでねえし」

「三好屋にすっか」

「何でもありますからね。考えたらハラ空いてきたな」

定食屋「三好屋」に入る。

十畳ほどの小さな店だが、入ると客は皆無。

「えー、らっしゃい！」

「すみっこ行くか」

「了解」

笹原と神は、壁一面に貼られたメニューのタンザクの中から、すみっこの席に向かうまでに料理を選んでいた。

腰をおろす。

「ヒレカツ定食」と笹原。

「へい、ありゃーとあんす！」

「おんなしもんです」

「あい、ヒレ定食二ツ！　いただきましたっ！」

サラリーマンやＯＬ相手の定食屋と言って馬鹿にはできない。三好屋は良い豚を使い、油も良質だった。

笹原と神は、しっかりと味わってトンカツを食った。

トンカツソースと細切りのキャベツの相性は良い。

トンカツの衣との絶妙なお約束味も、中味の豚肉との取組も言うことがなかった。豚はイノシシを家畜化したものだという情報は誰でも知っている。

しかし、豚が「ウシ科」だということはあまり知られていない。

笹原は白飯をゆっくり嚙んだ。一方、神はあまり嚙まずにカッ込み、おかわりまでした。

「キャベツもおかわりしとけ。胃にゃ実ァ良くねえのが打ち込みだ」

「了解です」

バクバクとキャベツを食らう。彼らにしては珍しく、食事終了《シャリつけ》が正午きっかりだった。強制《ウチ》捜査《コミ》出発前の「まともな食事」である。

野菜、ミソ汁、発酵食品の漬け物、肉、米。完璧な栄養バランスだ。

新垣の「指示」だと、午後一時に昼メシにしていいことになっていたが、笹原と神は正午から十分過ぎでビルの中にあるコーヒーショップに入る。

スタバに代表されるシアトル系コーヒーショップと違って、笹原が選んだのは、オヤジ喫茶と言われるルノアールの形式。ウェイトレスが席に来て注文を取ってくれる。

「ホットコーヒー二ツ」

「かしこまりました」

腹を冷やしちゃいけねえ、が笹原の持論だった。

一理ある。冷たいものを入れると、実は胃が喜ばない。意識には出ないが、脳も機嫌は良くなくなる。血液の循環が悪くなる。免疫力が低下する。代謝が下がる。

冷えた生ビールは口からノドにかけての感覚が新鮮だが、食道からストレートに胃にぶち込まれるアルコールと炭酸。体の芯から身体の温度を低下させる。

一時的にせよ、体温が三十五・五度に近くなるだろう。三十五・五度の人体は、これが続くと自律神経失調症の傾向を示し始める。

アレルギー持ちには症状も出る。排泄も不調気味。

体温が一度下がるだけで免疫力が三〇パーセント下がり、代謝も一二パーセント下がる。ガンの好みの体温は三十五度だ。

体を冷やして良いことはあるだろうか。

日本人は体を冷やす食事を好む傾向にある。ミソ汁と炊いた白米は温度があれば大変良い。

しかし、刺し身、香の物、鮨、ビール、アイスコーヒー、発泡飲料、等々冷えを呼ぶ。

素手喧嘩《ステゴロ》の天才、笹原も「体を冷やすといいパンチが打てねえ」とのたもう。ジェット戦闘機と同じで、機体の機能を温めないと戦いが不利になるのだ。

コーヒーが来た。

日本のブレンドコーヒー、それも一般的な喫茶店のコーヒー特有の黒茶色の液だった。

強く濃い香りがあたりに漂う。

「でよ。公安にゃ行きたくねえってかい？」

「一応、刑事組対課《そうさ》で経験積ましてもらってますが、公安となりゃあ、普通の警察じゃねえかと」

「好きか嫌いかってハナシじゃねーかよ」

「わかりません」

「ま、普通のデカなら大抵の警官《PM》でも務まるが、ハムとなるとなあ」

「ひと握り、いや、ひとツマミの人数じゃねえスか」

「だからやってみりゃあ、面白れえんだよ」

「オレにできますかね？」

「エリートのキャリアじゃあるめえし、下級ＰＭでハムぐれえ務まらなくてどーする」

「アハハハ、ちげえねえ。キャリアじゃねえ、ってのは強え」

笹原はコーヒーにたっぷりのミルクを注ぎ込む。

「胃は毎日悲鳴あげてやがるからな。ミルクぐれえしっかり入れてやらなきゃ保《も》たねえ」

「まったくス。浴びるほどキャベツ食っても足らねえでしょう」

「階級階級で日が暮れる組織だからな。チカラのねえ分、ランクで補強だ。ちっと目立ちゃあヤッカミで悪口立つ。ま、ケーサツはこれしか我が日本にゃねーんだから、ミルクいっぺえ入れたコーシーで目ざましついでにキャベツたんと食って、胃袋いたわんねえとやってけねえやな」

笹原、一杯だけ砂糖を入れる。

「この砂糖がよ、何となくリキ出るモトなんだよな」

「脳ミソにチカラつけるんスよね」

「だけどよ、カフェインてのはバカにできねえよな。こいつ入れんのと入れねえのじゃアタマの働きが違う。捜査本部《チョウバ》立つと、やたらめったらコーヒーが売れるしな」

「そーすよね。捜査員のシャブだから、ねえじゃ済まされねえし。オレもチョウバの庶務させられてた間にゃコーヒーの補充うるさく言われてましたね」

「捜査本部で二杯飲んで街出りゃあ千円は節約になるしな。セコイ話みてえだが、毎日の千円てなあ大事《でえじ》だ」

「ちげえねえス」

十四時半。

捜査員たちが、署の広いガレージに集合し、白ナンバーのセダンに乗り込んだ。

横浜まで集団ドライブだ。交通違反は許されない。制服員に止められたり、キップでも切られたら時間が減る。

概して制服員は私服員に対して親密の情は湧かないのが多いから、時と場合によっては東京だろうが、県境をまたいだ神奈川だろうが気をつけるに越したことはなかった。

私服員でも、睡眠時間を削って昇任試験の勉強し、うまく受かってしまうと配置転換をかわすことはできない。

大昔、平塚八兵衛というデカがいて、階級が上がっても勤務部署が変らなかったという有名な話があるが、人事の秘の秘に入る特異現象だ。

だから、昇任したら新しい任地で、九割方は制服員からはじめ、内勤つまり刑事課や警備課や生活安全課に空席ができると、異論を発しない限りスンナリと私服員になる。

車の集団は、第一京浜を使って神奈川に入る。一応、法定速度を保ち、時間があるので、ゆるゆると行く。

各々の車の中では、仕事の話。これからの捕物の対象者情報、神奈川県警の対応、等々で少々長いドライブも気分が保った。

十七時に近くなった。

車の集団は神奈川県警本部の駐車場に入る。

捜査本部の責任者でもあった階級警視の刑事組織犯罪対策課長・新垣が、連絡をしてあった県警の捜査四課管理官に挨拶に出向く。

先方は、電話連絡をあらかじめ受け、ダイジェスト版の情報は入っているから、表情にあまり変化はない。

どちらかと言うと、㊑《マルボウ》の管理官でも、知能犯の担当に近いムードの中年男だった。

短いやりとりを終えて、捜査責任者が出て来る。

十八時。

横浜石川町駅に近い元町入口直近のダイニングバーＤＥＷ５。道路の要所要所に距離を取って複数台の車を配置する。

強制捜査《ウチコミ》は、対象より時間的に先んじた方が当然有利だ。

白人女一〇人は十九時半に東京からマイクロバスでＤＥＷ５に到着の情報。元町入口から近いＤＥＷ５は、店内に約五〇人のキャパシティだった。

となれば、英語の完璧なオーナー経営者、ルトガーとジェイミー、アメリカンチャイニーズ四人で、残りは地元のヤクザの大物だろう、とのアタリ。

今日、この横浜で、湊町の信用金庫の六億円強奪事件の最終容疑者たちが集えば、横須賀のアジトの急襲捜査は形だけで終われる。

捜査員たちは、車の中や路上、喫茶店等々ＤＥＷ５を見張れる地点に散在を開始した。

当然のことながら、宴たけなわになった頃に、「捜索差押許可状」通称ガサ状は執行すべく、捜査側の手にあった。

ＤＥＷ５の店内。十八時半には、調理場もホールも従業員がしっかり務めを果たすべく態勢を整えていた。

昨晩からＤＥＷ５の周囲を張っている東京の捜査員四名が、刑事組対課長の新垣に報告連絡をする。

「オーナー戸部《とべ》は現時点、山下町の自宅マンションからＤＥＷ５へタクシーにて接近中。従業員六名は十七時より店内に入り、三〇分後、仕出屋から料理が届きました。本日貸切りのフダがＤＥＷ５玄関に貼られ、フリーの来客はなし。以上です」

「了解。御苦労様。待機に入ってくれ」

「了解しました」

待機に入ってくれ、とは無線だけつながるようにして休めと言うことである。

十九時半。

ちょうどにマイクロバスに乗った白人女性一〇人がＤＥＷ５玄関に到着。

パーティドレスの上にコートを羽織り、ポーチなど持つ女たちがＤＥＷ５の中に入って行く。

二十時少し前。

タクシーが止まり、オーナー戸部、ジェイミー、ルトガーがＤＥＷ５前で降りた。

戸部が途中で二人を拾ったと見える。三人が店に入った。とその時、大型の黒いＳＵＶが来た。

アジア人四人が乗っているのが見える。笹原が確認し、神にささやく。

「こいつらだ」

「英語使いのチャイナスね」

「そう。湊の事件の監視カメラの認証システムで二匹は割ってある」

「検挙可能スね」

「まちげえねえ」

四人のアジア人が店内へ。裏口は、定点警戒員二名、流し張り捜査員二名でかためてある。

流し張りとは、カジュアルウェアなどで装った二人の遊動要員で適度に裏口近くを歩いたり、一人が歩いている間にもう一人が着衣の一部などを変えて再び裏口前を通ったりする。

ＤＥＷ５には、もう二台大型の車がやって来ていた。

黒いベンツに濃紺のＢＭＷ。降りて来た五十代男を組織犯罪対策四課の捜査員が割った。

「関東覇王会武田連合の武田《たけだ》仁《じん》だ」

武田仁が降りてきた黒いベンツは三人が乗っていた。

武田は運転席の真うしろの後部席。横に座っていたのは三十代ボディガード。

まるで葬式参列服のような外装だ。

「使用者責任」を問われて、ボディガードが拳銃を持っていてもガード対象の組長が服役したりするケースが相ついだ。

だから、この三十代ボディガードは、黒の上下の下に、防弾ベストしか着けていないと見える。

もう一つのBMWからも、運転手を残して二人降りた。

組長の武田の前にDEW5の入口に接する一人。残りは、武田の横にくっついた三十代ボディガードの死角をカバーするように武田のうしろに付いた。

なかなか考えられたヤクザフォーメーションだった。

笹原が言った。

「これで八匹。オンナたちは十人だから、あと二匹ぐれえくるか」

「来るんじゃねえスか」

と言っているところへ、徒歩で大柄な四十代白人が二人、DEW5の前に現れた。

笹原が言った。

「これで一〇匹」

「何語でしょうね」

「ガンマイクで拾ってるさ」

ガンマイクでDEW５入口の白人二人の音声を拾っていた外事一課員がつぶやいた。

「英語じゃねえ」

もう一人の外事一課員が、

「神《じん》つー京橋のPMに聞いてもらや、わかんのかな」

「あいつの車にゃガンマイクねえよ」

「じゃ、さっきの白《シロ》二匹が入《へえ》る前に録《と》った音持ってくか」

「そうすべえ」

やがて知能犯捜査員が運転し、笹原と神と京橋の強行犯捜査係員の乗る車へ、外事一課員一人がやって来た。

神に録った音声を聞かせる。

「グデェ？」で音声は始まっていた。

すでに白人二人は店の中に入っていたが、暗視カメラで店内に入っていくところの動画は撮られていたし、店の前での会話も録音されていた。

「ロシア語です」

神が言った。

「エエッ！」

外事一課員がおどろく。

「ロ、ロシア?!」

笹原が「だからってロシア人たあ限らんだろ」

「し、しかし、Ⓑ《マルビー》にチャイナにアメリカですよ」

「不思議はねえよ。南アフリカの銀行で出したクレジットカードがフェイク作られて日本のⒷ《マルビー》のオペレーションで十八億も出金されてる」

「まいりましたね。マフィア大集合の図とは」

「うれしがれよ外一《ソトイチ》。ごつい仕事が目の前だぜ」

「あ、ありがとございます」

と頭ペコリで自分の車に戻って行く。

笹原が京橋の捜査陣の一人にケイタイをかけた。

「オゥ、オレだ。……うむ。試薬は持ってきたよな。……よし、了解。あとでな」

「赤青ですね」と神。

「どっちか使うだろ。どうせ貸切りで誰も入れねえ」

笹原の読みは当たっていた。

ＤＥＷ５の中では麻薬が使われていた。

白人女もヤクザも、店に来るまでに検問や職質にあうかもしれない。

近年の警察はたった五〇〇人のキャリアが二七万人の一般警官のケツを叩いて検挙率を上げさせているから、どんな人間にも食いつく。

特に目立つ外国人などは外国人登録証のチェック名目で複数名で声をかけてくる。

となると、ドラッグを用意するのは店側だ。

今日の従業員は、戸部に食わせてもらっている古参のチーフを筆頭に、ヤンキーやらのグレ者上がりがほとんどだった。

古参のチーフは、関西からの流れ者だったから、西の組織が東上してきた頃から東海道にも湘南にもツテがあった。

このチーフが、大麻、シャブ等の供給担当になった。

神が口にした赤青の試薬とは、京橋の鑑識が持ってきたドラッグの判定試薬だ。

薬物にたらして、赤くなるのは大麻、アヘン、ヘロイン。青くなればアメリカの覚醒剤クリスタルメス、アジア産の覚醒剤《シャブ》、コカイン。

店内では、チーフが麻酔性のある赤系も中枢神経を起こして快楽ホルモンのドーパミンの分泌を促す青系もプラスチックの四角いオケに入れ、客たちに回しはじめていた。二〇人分あった。

オーナー戸部は手を出さないが、ジェイミーとルトガーは紙巻タバコ状の大麻《マリファナ》をつまみ上げた。

早速火をつけ、深々と吸ってひとしきり息を止め、サーッと紫色のケムリを吐き出す。

ヤクザの武田は「水割り《コレ》でいい」と断った。

ドラッグで身をほろぼさず、闇社会で頭角をあらわすタイプだ。

アメリカンチャイニーズの四人は、白人女たちから目が離せず、タバコ以外の錠剤を選んでいるものが多かった。

セックスの快楽起爆剤をつまみ上げたわけだ。

最後に入って来たロシア語を話す白人二人は、ドラッグに興味を示さなかった。エクスタシーの名で知られる合成麻薬ＭＤＭＡは、オランダ産もあるが、近年は東ヨーロッパで作られるものが増えてきた。

この二人も、自分の体にドラッグを入れるのは愚行だと思っているらしい。

白人女たちは、多種類に手を出した。どうせ今夜は帰れない。ＹＥＮで一〇万もらって性奉仕。

だが、トップレスバーで働くよりずっと楽だった。

性病のリスクはあったものの、白人だろうがアジア人だろうが、酒とドラッグが入っていればベッドワークは大したことはない。

このＤＥＷ５とかいうクラブだかレストランだかで品さだめをされ、自分をピックアウトした男に持ち帰られ、ホテルあたりの部屋で服を脱ぐ。

あとはお定まりのコース。男なんて、みんな求めるものは同じ。体の機能も同じだからどんな人種だろうと大差はない。

オーナーの戸部がＤＥＷ５の真ん中で立ち上がる。パーフェクトなアメリカ英語で、よく来ていただいた、今夜は我々のほか誰もいない、大いに楽しんでほしい、という意味のスピーチをした。

ヤンヤの喝采。

店の外には、一時間前に車の中やビルの蔭でオニギリや菓子パンを食って突入に備えた警官たちがいた。

笹原が言った。

「信金強盗の持ち逃げ金三億は少ねえが、野郎らもっと事件《ヤマ》踏んでやがんだろうな」

「これだけのタマが揃ってますからね」

「ちげえねえ」

二十一時を回った。

GOサインが、捜査責任者・新垣警視から出る！

無線が駈けめぐる。

大型バスが二台やって来た。一台は機動隊の一コ分隊十二名。もう一台は被疑者二〇名を輸送する車両だった。

捜査員の群れが、表口と裏口の二ヶ所からDEW5に入る。

今夜は用心棒《バウンサー》は置いていなかったが、武田の手下たちが抵抗した。

怒号が飛び交い、一人が公務執行妨害で検挙された。

店の中は荒れ、揺れた。ブツの判定に鑑識が大活躍。

大量の捜査員の様子と、押してくる雰囲気で残りのヤクザもマフィアもフィジカルな抗《あらが》い方は一切しなかった。

頭の中にあるのは「弁護士」の文字のみだ。

新垣は現場でテキパキと検挙指示を与え、神が外国人たちに英語で意を伝えた。

ドラッグに手を出していた以上、トップレスバーの白人女たちも観念する。

しかし、ドラッグを入れていたアメリカンチャイニーズの一人がトチ狂った。

全員同行を求めた捜査員の言葉が終らぬうちに、白人のトップレスダンサーにとびかかり、一人の首に腕をまわし、上着のスソに隠れるようにしてベルトの内側に差し込んでいた回転胴式拳銃《リヴォルヴァー》を抜き出す。

直近に居た神が反応した。

白人ダンサーにアメリカンチャイニーズが拳銃を押し当てる前にとびかかる。

拳銃そのものをガッと摑み、もう一方の手でアメリカンチャイニーズの手首をキメて自らの胴を密着させ、下方にひねり落とす。

アメリカンチャイニーズが一瞬、顔をゆがめ選択を迫られた。このまま頑張っていれば手首が砕ける。いきなりの苦痛を回避するには自ら体を回転させるしかない。

脳が判断し、アメリカンチャイニーズは、床に胴体を叩きつけるように転がり倒れた。

神の柔術の技だった。

アメリカンチャイニーズの手から拳銃がもぎ取られ、それでも神は手首を離さず、アメリカンチャイニーズの体を踏みつけた。

それが合図であるかのように、オーナーの戸部、ルトガー、ジェイミー、アメリカンチャイニーズの残り等が全員手のひらを開き、胸の高さに手を上げた。

ヤクザともう一人の用心棒は、悪びれて、中途半端に胴から手を離していたが、笹原に一喝された。

「てめえら！何ハンパやってんだ」

笹原の怒声と剣幕に、ヤクザと用心棒は一斉に胸の高さに手を上げる。

捜査員たちは、全員の身体捜検を手早く行った。

さらに一人のアメリカンチャイニーズから今度は自動拳銃《オートマチック》が発見された。

用意されたバスに、ＤＥＷ５にいた者らがゾロゾロと向かい、店の前後を固めた機動隊員の刺すような視線を浴びる。

大量検挙者を乗せたバスは東京へ向かい、捜査員たちの白ナンバー車両も高速を飛ばした。

検挙したからと言って、事件捜査は終わったわけではない。

東京に着いたら検挙した全員を取調室に一人ずつ入れ、容疑を糺《ただ》したら身柄は「逮捕」となる。

京橋警察署は、刑事組織犯罪対策課として六ツの取調室を持っていたが、今回のように検挙人数が多いと、生活安全課の取調室五ツも使う。

「逮捕」に着手ということになると、同じ取調室で「弁解録取書」という捜査書類を作成し、身柄《ガラ》を留置場に入れるのだが、その留置場も、同房に同じ事件での「被疑者」を二名入れておくことは、「通牒・通謀」のおそれありとして、あちこちの他署の留置場に「分散留置」となるのだった。

今回の事件は、組織犯罪としては、警視庁の組織犯罪対策部の組対一課（不法滞在）、二課（国際犯罪）、三課（暴力団情報）、四課（暴力団捜査）、五課（銃器・薬物）と組織犯罪対策部の全課の役割が動員される案件だった。

本庁《ほんぶ》と所轄の捜査員が大量に使われる。

事件解明が進み、通訳捜査官たちも大忙しで調書を作成。

ついに、京橋警察署管内で起きた信金強盗の犯人《ホシ》の残りや、かっさらわれた残りの三億の金も所在が明らかになり、一件落着となった。

捜査書類は大量だったが、捜査員たちは熱心に取り組み、ついに事件に関わったほとんどの者が検察によって起訴となる。

こういう難しい捜査に当たらされている捜査員は、ヒマな所轄のように白ナンバーの捜査車の屋根に赤灯くっつけて住宅街を流しては抵抗の少なそうな人間を狙って職務質問するという、ある種の「夜時間潰し」や、制服員や本庁《ほんぶ》の地域指導課員らと共にアキバ系のリュック男たちや夜走って来る自転車、さらには上下スーツの人間以外のカジュアルウェアの抗《あらが》いの少なそうな男たちを五人も六人もで取り囲む行為をしなくて済んだ。

多数が半グレや威圧的な男どもといった、眼光鋭く抵抗、反撃をしてきそうな男は避けて、「やりやすい対象」を選んでは取り囲む。そして「職務質問」だと言って、寄ってたかって所持物を見たり、IDを見て照会する。

カジュアルウェアのオッサンを大勢で取り囲んで「職務質問は任意だろう。お前たちに強制的に囲まれてイヤがらせのように持ち物調べをされるいわれはない！」と言語反撃した盛り場の対象者を、集団で動けも歩けもせぬようにした出来事があった。

これは実際にあった事象だが、カジュアルウェアで夜歩いていたオッサンは、現職の国家公安委員長であった。

翌日、所轄署署長が更迭され、事実上の降格人事となった。

こういう愚行が、あちこちで繰り返されている。

上部から「検挙率を上げろ」と繰り返し下命が来て、五〇〇人のエリートキャリアの号令を実行すべく全国二七万人の一般ノンキャリ警察官が、「抵抗されなさそうな者」に、当事者にすれば嫌がらせとしか感じることのできぬ圧力行為を繰り返す。

検挙率の内容からすれば、殺人でも一件、立ち小便でも一件だ。数字の上では二件の検挙である。

また、インネンをつけられて殴られた一般人が、被害者である自らをかばうため掌《たなごころ》を突き出して防御行為をしても「相互暴行」だとして「検挙二件」とされる。

笹原も新垣も神も、それに類する「みっともない行為」は一切しない警察官だった。

ともあれ、この大きな事件が片付き、神は刑事組織犯罪対策課への転用を解かれ、元の交番勤務に戻った。

第3章　異分子

午前八時十五分に、京橋警察署へ出勤する。

私服から制服へ着替えるから、ロッカールームへ行く。ロッカーには、帽子、制服上下、靴まで置いてあるから、ほぼ何も考えず、機械的に脱ぎ着をし、黒短靴を履いた。

午前八時三十分。屋上で銃や持ち物の点検を受ける。

交番やパトカーの担当課である地域課の約三〇名は、訓示・指示・報告・連絡のため七階の講堂へ。制服・私服の本日の勤務員約五〇名が、講堂ステージ上の署長に注目し、五分程度の短い、あまり内容のないルーティン的話を聞く。

署長訓示もルーティンワークだから、短い逸話だの出勤途上に出会った光景だの、少々心に残った出来事など、一ツを選んでしゃべる。

それが終わると各担当課の幹部から管内における警戒区域だの、昨夜管内のどの地域でこんなことが起きたが、今日も引き続き注意を怠らぬように、とかさまざまな手短トーク。

彼らが去ると、地域課の課長代理や、午前八時半から午後五時十五分までの「第一当番員」に向けた注意や指示を出す警部補三名（係長）が話をする。

その下の主任（巡査部長）も話に加わったりし、おおむね午前九時三十分になるようにタイミングをあわせる。

午前九時三十分になると、ゾロゾロと全員が講堂を離れ、おのおの指示を受けた交番目指して歩いて行く。

神《じん》の本日の勤務は、銀座一丁目交番。

この「第一当番」を終えると、次の日は「第二当番」と言って午前八時半から翌日の午前十時までの勤務。

そしてその翌日は「週休」となったり、管内に特別な警戒事情があったりすると、出てきて「日勤」という名称の午前八時半から午後五時十五分までの勤務となる。

銀座一丁目交番は、中央通りに面しており、華やかなお江戸のメインストリートの上にある。歩いて東京駅や有楽町駅に出ることのできるポイントだった。

地理指導と名称付けられている道案内で、銀座で一番忙しい交番は数寄屋橋だ。有楽町や地下鉄の駅から出て銀座の入口に位置している。

地理指導は昼間だけで一日二百件だ。

そのほかに、肩が触れてインネンをつけられた、ガンを飛ばしたと言っていきなり殴られた、三人の不良《ヤンキー》が近寄って来てカツアゲられた、男に股間をさわられてその男は今トイレにいる、ホームでタバコを吸っている複数のヤクザがいる、テンカンのように泡を吹いて倒れた人がいる、下半身をムキ出しにして騒いでいる男が追っかけてくる、等々。救護や事件がひっきりなしに飛び込む。

欧米人観光客の群れが、店や名所や著名地点、たとえば日本一地価の高い〝地べた〟を口々に知りたいと言えば英語で応対する。

盛り場の交番は、このように一日中忙しいが、住宅街やローカルタウンでは地域課と呼ばれるパトカーや交番員は「仕事」を見つけて「稼働記録」を残すために、刑事組織犯罪対策課などの私服員＋私服車と組んで自転車や歩行者たちを五人も六人もで取り囲んで「職質」という「夜間勤務」をする。

ほとんどは、この五、六人が日付が変わるまでに、ああでもないこうでもない、身分証明になるものを見せろ、持ち物を見せろ、この長めの懐中電灯は用法上の凶器だろう、こんな時間にどこからどこへ行くんだ、これはアンタの自転車か、待ってろ今照会センターでアンタのデータで指名手配されてないかチェックしてるから、などとやる。

本庁《ほんぶ》の地域指導課という名称の、「職質の指導」やシリを叩いて何がなんでも検挙実績を上げたいセクションが、これに拍車をかける。

とどのつまり、こうやって無理に無理を重ねて時間を費し、重箱の隅を突つきに突ついて絞り出した検挙数は、上層に上がり、エリートを中心とした「予算獲得行為」の支えになるのだ。以前に一年に八〇億円の、エリートたちの自由に使えるカネを作らせていたシステムが問題になったことがあるが、姿も形もキチンとそして巧みに変えてこの「随意資金」は今も成立している。

このような事実を全部知りながら神一太郎は、警察の敵を量産する稚拙職質行為や、明らかに暴力行為を仕掛けた者と被害者を同様検挙して「相互暴行」で二名の検挙などということをしなかった。

「恥」を知っていたからでもある。

抵抗の極端に少ないアキバ系のリュック男を相手に、夜間に表通りを自転車に乗っていた、住宅街を駅ではない方向に歩いていた、程度で「このあたりで強盗があったという情報が発生したのでポケットの中味や持ち物を確認したい」などという「定《き》まり文句」、つまりそんな「情報は通信指令本部」から無線で流れていないにもかかわらず、何十年も前から使い古している「口実」を表情も変えずに口にする。

これはダマシだ、そんな事実は無線で流れていないとなれば「仕事のためのウソ」になる。

「拡大解釈」で弁護士が突っ込んだら、「給料という形の報酬」を受け取っているから「詐欺行為」を成立させられる。

どうして、面相や外装のコワイ筋者やヤンキー、居るだけで地域社会を威圧する、つまり害をいかにもしそうな存在に「職質」をかけないのか。

反撃、反論が来た場合に「煩《わずら》わしい法律解釈」を説明することができず、また、「近辺における時間的接着性のある強盗事件の発生」が無線で流れたのか、あるいは「フェイク」か、証拠《イビデンス》を出せと正論を突きつけられたとき、それができない。

だから抵抗されそうな存在は避ける。

これでは、そのように威圧や犯罪性の様相を巧みに隠し持った者たちを選別して「正しい防犯行為」はできない。

「検挙率」という暗数のある操作の容易な統計《スタティスティックス》を使って「仕事した」と労働の足跡を示す日常のルーティン行動を、神は心から嫌悪していた。

地域住民から尊敬されない、そして嫌悪が増大している故に頼ってきてもらえない、見かけのオーラ、つまり他者を怖がらせて自らの威力・パワーを楽しむ不良《ヤンキー》にナメられる……神にとっては、これこそが忌避すべきことであり、地域社会に不快感を与える存在に向かって「正当な警戒査察行為」たる「職質」をかけていくことが給料分働いた証《あかし》だった。

その場面で「角突《つのつ》き合《あ》い」をせねばならないなら、神にとってはむしろ快楽ホルモンのドーパミン分泌さえ起きる事象である。


今夜は何だか静かだ。神は空を仰いだ。

満天の星空。

信金強盗が起き、六億円が奪《と》られ、半分ずつ返ってきて、犯人《ホシ》も挙《あが》った。外国人犯罪との格闘もあったが、制圧し、奇麗な形で検挙に持って行けた。

警察学校での訓練がベースになって、精神力や対犯罪センスを養っていったが、当然本人の努力や思考形質によるところが大きい。神は子供のころから本が好きで、それを見ていた両親が小学校に上る前からたくさんの絵本を与え、小学生になって間もなく「世界少年少女文学全集」など揃えてくれた。外科医の祖父は、短い言葉で人生の知恵を語り、彼が東北大学医学部の学生であった頃から修練していた大東流合気柔術を六歳の神に教えた。

この柔術には、突きと蹴りがあり、それを防いで無力化する技法や、関節の逆を取って砕いたり、動けなくしてトドメの一撃を加えるキメ技もある。

大東流合気柔術と言えば、仙台に庵を結んで弟子を養っていた武田《たけだ》惣角《そうかく》が有名だが、この惣角の直弟子の中に、後に合気道を創作する植芝盛平《うえしばもりへい》が居る。

第二次大戦が終わった一九四五年からさかのぼって七年前、スパイアカデミーで有名な陸軍中野学校の教科で行われていた格闘術のひとつに合気道があると言われているが、その武術の実態は、現在流行している合気道より大東流合気柔術の要素が主流にあった。

植芝盛平は、弟子らからの伝聞によると、なかなかの超能力者で有名な武勇伝もある。

ある時、陸軍の将官で武術好きの者が、お付きの武官に「植芝という柔術家は近年著名だが、どれほどの腕前か」

「自分も見たことはありませんが、銃弾もかわすほどの技量とか」

「ならば植芝を呼べ。直き直きにその技を見ん」

植芝は、練兵場に呼ばれ、陸軍の将官たちやその部下が居ならぶ前で、銃を構えた兵との対決を強いられた。

処刑のような場のスタイルで、巨大な壁の前に土嚢《どのう》を積み上げた側に植芝が立った。

対面に、兵が長筒の歩兵銃を構え、そのうしろに将官やらの見物人が座る構図。

将軍らの前であるから、いささか緊張のある面持《おも》ちで、少尉が、「撃ち方用意！」と号令をかける。

見物人たち、文字通り固唾《かたず》を呑み、植芝を見つめた。

自然体で、かすかに膝を曲げた、たくし上げたハカマ姿の植芝が、銃を見つめる。

「撃ち方、はじめっ！」

号令で、長筒歩兵銃からバン！と弾が飛び出す。

植芝、銃声と同時に動き、弾は袖をかするようにして土嚢の中へ消える。

植芝は地を蹴って歩兵が射撃直後にまだ構えを下ろしていないところへタタ、タタッと走り寄り、歩兵のアゴへ拳を固めた突きの一撃。

歩兵、たまらず後方へ銃を手にしたまま倒れた。

どこからともなく拍手が湧き、植芝を呼んだ将官は破顔して満面の笑み。

かくして、植芝盛平超人伝説は確固たるものとなっていった。

神は、ポツリと来た夜の曇り空を見上げ、そっと言葉を口にした。

「静か過ぎる……」

このまま夜《よる》が明けるのではないだろうな、だったら宿直《にとう》なんて俺にとって意味がない。

もっと荒れた現場が欲しい。

銀座一丁目交番の班長・神一太郎はこの二階建ての交番にたった一人。

次席はフリーパトロール、三席は路線《ろせん》パトロールに出ていた。

「お前ら絶対に弱い者いじめするな。楽な仕事もするなよ」

これが、ケンカ一番の神がこの交番のナンバーツーとナンバースリーに対し、泊まり番の時に真顔で言う言葉だった。

次席は地方の高校卒で、三席は次席より年上だったが、都内の私立大学出だった。

次席は東京を知らない。

だから自転車で夜の街を流すフリーパトロールを楽しんでいた。

彼にとっては東京の中でも中央に位置するこのあたりで警察官などするのは、やはりドーパミンものの状況だった。

三席は、やや鬱屈している。

世間からは五流ないし七流の大学と評されている私立の、ブランチのたくさんある大学を出た。

「一発逆転」を目指して司法試験に合格し、一流とされる大学の卒業生らに先生と呼ばせたかったが、悲願は成就せず。

警察官になったのは、体力的にシンドそうだが、頭なら奴等には負けないだろう、内部の昇任試験ならチョロそうだ。刑法、刑事訴訟法、いくつかの警察内部法規を押さえておけば、一発、一発で昇って警部程度まで行くのにそう突っかえもせんだろ。

そう思って入って来たものの、警察学校大卒コースを辛い思いをして終了した。体力的にもかなりの負担だった。

三席は、在学中にバイトに明け暮れ、チマチマと金を作っては合コンやナンパにいそしみ、クラブに出入りして異性狩猟に精を出していた。

法学部だったが、どこにでもいる法学部学生。好きな分野でもないので、文学部で歴史や文芸を専攻している連中の方が正直、人生を楽しんでいるように思えた。

父親は商社マンだったが、単身赴任が多く、普段は母親や妹と過ごしていた。

高校生の頃に盛り場で路上強盗《カツアゲ》に遭い、自分の高校の空手部に入ってケンカが強くなることを夢みたが、すでに高校二年の終盤に入っていた。

今空手部に入っても、すぐに三年になり、後輩の二年や一年にはかなわない。

ティーンエイジャーだったから、年少の者に形式的に上級生扱いされても、内心バカにされているのは我慢ならなかった。

イビツな自尊心があるから、自分の高校の空手部には入れない。

全くのお門違いだったが、幼い頃から格闘技を習わせてくれなかった親をかすかに呪った。

転校先の小学校で同級生らにボコられて、リベンジもできず、小学校が終わって中学に進むのを心待ちにしていた年月。

やっと中学生になって、嫌な思い出の小学校の日々と訣別できた十二歳。

だが、中学でも格闘技はできず、陸上部へ入る。中距離走の選手になるが、強い奴がたくさんいて、レギュラーにもなれない。

日々つのってくる性への関心にも日常から引きずり回され、誕生日に買ってもらったパソコンのエロサイトで成長期の欲求をなんとかクリアしていた。

ワルどもは、中学三年あたりになると性体験も済ませ、高校生や高校中退者の崩れ者が周りにいたが、パシリにされもせず、何とか中学を終えた。

親の意向では高校から塾通いだったが、公立の大学に行くと言って何気なく親のインディケーション（指示）をかわした。

理系の成績は良くなく、格闘技の部活も厳《きび》しそうで、入部と同時に暴力の洗礼に見舞われそうで、空手部もボクシング部も自ら敬遠した。

高校では何の部活もせずに、アルバイトに力を入れた。

少しでも時給の高いバイトを探し、愛読書は求人情報誌となっていた。

中学までは、どうにか読書めいたことをしていたが、高校では全くで、書店にも立ち入らない。

路上強盗《カツアゲ》に遭ってからは、世界がガラッと変わった。

部活として格闘技はできないが、町の空手道場はどうか。二ツ、三ツと近隣の地域にある道場を覗いてみた。

第一印象は「痛そうだ」というもの。

型の稽古も難しそうだが、問題はケンカに強くなるための「組手」だ。

空手発祥の地・沖縄の拳技がメインストリームとなっている近代空手は、沖縄の師範学校出の富名腰《ふなこし》義珍《ぎちん》が、大正五年、京都武徳殿において唐手を演武したのに始まる。

大正十一年五月、富名腰は文部省主催に臨席したり、六月には柔道の講道館に招かれ、嘉納《かのう》治五郎《じごろう》等の前で演武と解説をした。

この時の観客二百人。

この年の十一月に『琉球拳法唐手』を出版した。

このあと、嘉納のすすめで、柔道着に準じて帆布の空手着を作り、空手史上はじめて段位も考案された。

辞書などでは、空手とは「武器を持たず、手足による突き・蹴り・受けの三方法を基本とする拳法。中国から沖縄へ伝来して発達した。空手術。」と出ているが、全くの間違いで、大変な失礼。琉球が王国となる以前から、手拳・足技による独自の格闘武術「手《ティー》」があり、途中から中国大陸の武技を「取り入れて」、(沖縄の空手家外間《ほかま》哲弘《てつひろ》によると)〝栄養とした〟のである。

組手では寸止めとしていながら、人間のやること、敵意・威力や武力の誇示等による「無止《むどめ》突き」が必ず行われる。

三席は、この殴る・蹴るが実に痛みを伴うものであるため、できれば回避したかった。しかし、ここを乗り越えなければ殴り合い強者にはなれない。

たまーに痛みを大して感じない一種の病気の者もいるが、大抵の「平均的日本人は」闘争ホルモンのアドレナリンや男性ホルモンの中の活性アンドロゲンであるテストステロンをバンバン分泌させて多少の痛さも怖さも耐えなければ、理不尽な「オトコの角突き合い」場面になった際、悪くて強さを誇る相手を制圧できないのだ。

三席は、警視庁で一番ケンカが強いと言われたレジェンドの主「神一太郎」が班長を務める銀座一丁目交番の三席の幸運が回って来て、驚いたと同時に守護神と共に働ける有難さを噛みしめた。

三席は高校でカツアゲされながらも、大学で空手もボクシングもできず、バイトに明け暮れ、オトコの「馬鹿闘争」を制する努力をして来なかった。

文学や哲学を愛し、知識や教養が、バカ不良《ヤンキー》どもの思考序列に優ると考えている秀逸文人でもなかったから、低レベルな理由で苦しんだ。

そして、ペーパーテストと健康さで採用され、警察学校で、はじめて「逮捕術」という教科で人の顔面の打ち方、身体の蹴り方を教わった。

面をつけ胴をつけ、小手をつけて殴る蹴るをする。

三席は以前それを写真で見たことがあった。

日本拳法という武術だ。

警察の逮捕術には、この日本拳法と合気道を取り入れている。

日本拳法、空手、ボクシング、柔術をすべて経験して一定レベルに達している武術家たちは、ケンカに強くなるには「日本拳法」が空手より早く、安全性はボクシングに勝つと口を揃えて言う。

そして三席は、実にある程度であるが、警察学校ではじめて効率的な人の殴り方を習ったのだった。

しかし、この程度やったからと言って、神一太郎ほどの格闘レベルには行かない。

一太郎は、六歳からの大東流合気柔術をはじめ、柔道、日本拳法、空手、ボクシングをどれも修め、加えて学校や街で売られる「言うところの喧嘩」で胆力や闘争力を向上させた。

当然、遺伝子もあろう。

遠いところでは、千年も前に、先祖だった関東武士が京へ出仕して、検非違使《けびいし》配下で警察活動を行っていた古《いにしえ》から、外科医だった祖父が警察に武道指南をしていた武術家という血筋が関わっていよう。

こうなればすでにこれは「人種」であるのに等しい。

こういう人種はどこに棲《い》る者のかと言えば、軍人、ヤクザ、警官、となる。

加えて、精神面《メンタル》と言われる分野の「胆力」。

これは修羅場を多くくぐると身につくと言われているが、拳銃を主に使う欧米あたりの殺し屋も殴り合いのメンタルな強さは備わっていない者もいる。

「素手喧嘩《ステゴロ》」の精神的強靭さは、刃物や銃を使う奪命場面においては種類が異なるのである。

ステゴロは武器を使わない闘争で、主として拳足を用いたものだから、人体損傷を伴うことが多い。ここに胆力の中でもステゴロ根性とも呼ばれる精神面の強さは、殴り殴られる特性ゆえ、刃物や銃を使う一方的な襲撃奪命と大きく違うのである。

しかし、戦国時代等の刀や槍による互いの身体を損傷させる戦いや、戦争における銃弾や爆弾の応酬などになると、ステゴロと類似の胆力の問題にもなってくる。

三席は管内を自転車でパトロールしながら、オレみたいな警察官は全国に多く居るだろうな、などとボンヤリ考えていた。

警察は人海戦術で執行務《しごと》をするから、飛び抜けて強い班長みたいな存在は少ないだろう。

班長みたいに、警察学校の実務修習でヤクザを現行犯で逮捕するチカラが欲しい。

周りの連中は、あいつは頭がおかしいから、だとか、運が強いんだよ、とか言う。

神への悪口は、どれもが嫉妬や憎悪から出ていた。

警察官というと、理想は「気は優しくて力持ち」であるが、実際は三席のようなかなりのビビリや、要領の良い生き方上手、上位にへつらって下位へ威圧の力を及ぼすタイプ、自らの能力が対抗能《あた》わざる存在に対してはネタミやソネミの情を強くして捏造してでも悪口や相手をおとし入れる讒言《ざんげん》を平気で発する輩も多くいる。

神のような情《なさけ》や力を備えた者は、実は少ないのだった。

警察に入った当初は、確かに気は優しく正しく、少々は恐怖や気おくれも感じながら、初心を貫こうとする者たちもいる。

しかし、机上作成したものを上意下達で強制する現実に即さない制度の影響で病気になったり、慢性的な睡眠不足でやる気が削《そ》がれたり、心ならずも手を抜いたり、するべきでない執行務の仕方をしたりする者も増えて行く。

負けなきゃいいだろう、心を強く持てばいいじゃないか、などという「反権力」「嫌権力」「無責任層」等による軽口は全く現状を理解していないか、あんな奴等どうでもいい、の感覚が先行しているため、改革・改善には繋がらない。

マスメディアや、ヤンキー上がりと称している小賢《こざか》しい位置に行った芸人にもこの手は多い。

これがこの国の民衆の感覚と言えば言えるのだった。

第４章　ガード下の狂気

午前〇時三十五分、神《じん》の制服に付いている受令機が、通信指令本部から発せられた事件事故発生情報を受けて鳴る。

「警視庁から各移動、各警戒員……」で始まる指令では、神の所属する管内で暴力団同士の喧嘩とアナウンスしていた。

神のいる銀座一丁目と、数寄屋橋のちょうど中間にある外堀通り沿いにある公衆電話ボックスが発生場所とのこと。

神は通信指令本部からの通報を聞きつつ、自転車に飛び乗った。

次席、三席には電動アシスト自転車を使わせているが、神は使わない。電動アシストの付いていない白い自転車を下肢筋力を使い、オートバイダッシュで現場に向かう。

数十秒で現場の公衆電話に着いた神は、ヤクザ二人を認知した。

一方が他方を公衆電話ボックスへ追い込み、攻撃している男が素早く刃物を取り出して相手の胴へ刺し込むのを見た。

自転車を離すと地面に足が着くやいなや、公衆電話ボックスへ走る。

攻撃側のヤクザは相手の体へ足を押し掛けて刃物を引き抜き、神が駆けよって来る一瞬前に電話ボックスをダッシュで離れる。

有楽町駅方向へ向かって全力で走るヤクザを神がこれも全速力で追う。

不思議だった。

通信指令本部から制服員全員に音声情報が入ったにもかかわらず、神が一番乗りだったのか、あるいは現場の公衆電話が見つけにくかったのか、警察官もパトカーも臨場していなかった。

神は一人で、相手を刺したばかりの刃物を持ったヤクザを追いかけている。

ふと感じた空気は、雨が降ってきたため重かった。

ヤクザが建物の角を左へ曲がる。一〇メートルとは離れていない。

しかし追いつけば可能なタックルほどは近づいていない。今度は右へ曲がった。

雨が降っている大気を通してＪＲの高架線路が見えた。

最終の山手線か京浜東北線か、近づいて来る音がする。

ガード下へ数メートルのところで、突然ヤクザの足が止まった。バシャバシャと音をさせて地面をヤクザの靴底が打つ。

神が追いついたが、ヤクザは神の方へ向きなおった。

手に刃物が見える。

神とヤクザの距離は二メートル。制服の神は、警棒、拳銃を身につけている。

しかし、警棒は左腰、拳銃は右側に皮の覆いと止めベルトのついた拳銃。

どちらを使おうとしても、それを手にした時に二回は相手の刃物に刺される。

ヤクザは刃物を右手にして腰を落としていた。

神は、左手を開いてやはり腰を落としたが、その瞬間、ヤクザの刃物と自分の右腹部の間が真空になって、スーッと刃《やいば》が腹の中へ吸い込まれて行った。

刃が右腹に入って来た時、神は「痛いんだろうな」と思った。

しかし痛みはない。

鍋を持って調理をしている時、塩やコショウを取ろうとして手を伸ばしたら腕が鍋のふちにジッと触れてしまった。

熱い！

その感覚だった。

刺されたのだ。

そう認めた時は、ヤクザの背後から複数の制服員が現れ、飛びかかる姿勢でヤクザを下にして折り重なった。

まるでアメリカンフットボールのグラウンド状態。

刃は神の腹から抜けていたが、ヤクザの手にしっかり握られていた。

神は倒れず、右手で右腹を押さえていた。

次々と警察官たちが来る。

走ってくる者、自転車、パトカー。

それらを眺めながら、神はどこか醒めていた。

お前ら今ごろ来たのか。

さっきは誰も居なかった。

警部補《かかりちょう》がやって来た。

「大丈夫か？」

「キャップ。救急車来ます？」

「呼んでねえんだ」

「エ?!」

「済まんが、課長が本庁《ほんぶ》へ異動の前だ。部下が刺されたとなるとまずい」

「そんな……」

「立ってられるじゃねえか」

「じゃあＰＣ《ピーシー》（パトカー）で病院運んで下さい」

「それも勘弁してくれ。知ってるとおり、ＰＣの動きは『扱い中』や待機を、カーロケーター（位置確認装置）と会話通信で本庁に把握されてる。病院に乗ってくと何があったか知られちまうだろ」

神は耳を疑った。

地域課長が本庁へ栄転する予定なのに、部下にネガティヴ事案が発生したら人事の内容が一気に変わるかもしれない。

地域課長は警視だ。

本庁勤務となれば、目の前にいるこの警部補を引っ張って本庁の主任に据えることが可能だ。

この男は暗に「それ」を言ってしまっているようだ。

神はここでもまた、警察の見たくない現状を見た、と思った。

警部補に一言もかけず、付近の公衆電話のところに行った。父親に電話をかける。

「お父さん」

「おお、お前か」

「刺されたよ」

「動脈は？」

「それてるようだけど」

「じゃあタクシーで来い。オレが診る」

神はタクシーを拾って、自分の父親が院長をしている医療機関へ向かった。

左足や左の靴には変化がなかったが、右腹から出る血がズボンの下で流れ落ち、右の靴の中が血液のタマリになっていた。

父親が神の腹を診《み》、止血してから縫った。

住み込みの看護師も仕事着に着替えて待機し、看護業務を果たした。

神は制服を着、何事もなかったように立った。

有り難い。

神はしみじみ思った。

家業を継いでほしかったのに警察に入る際、何の異議も呈さず、今も腹を刺されたからと言って黙って手当てをしてくれた。

抗生物質の注射、抗生物質の錠剤、痛み止めを看護師から手渡され、神は二人に深々と頭を下げて、実家の医療機関を辞した。

本署に立ち寄り、件《くだん》の警部補に帰投の報告をしてから、再び銀座一丁目の交番に戻った。

次席と三席が驚いている。

「班長！」

「何ともないんスか？」

神がニヤリとして答えた。

「血染めの制服だぜ。着替えらんねえのは日本経済と一緒じゃねえか」

朝十時の交代が来るまで、何故か銀座一丁目は平穏だった。


昨夜刺された神一太郎は、二時間の休憩を取った。

これが盛り場の警察の交番員が取れる休み時間である。二時間休憩してから仕事をして、数時間後に再び二時間の休憩を取る泊まり番の勤務体制は、現実を全く反映せず、考慮がなされていない。

住宅街の事件・事故等の少ない地域でも、人間の生理というものを一切理解しておらず、結果として睡眠など取ることはほぼ不可能という勤務表である。

非人間的なばかりでなく、生命体に対して失礼極まりない。

決定したのは「上層部」と称されるエリートのキャリア五〇〇人プラス一般警察官ノンキャリ二七万人のうちの上位者の一部である。

ノンキャリの睡眠不足から生じるさまざまな心身疾患や職務執行上の支障は、基盤となる有害な宿直勤務表の改善が根本的になされない限り増え続ける。

そして何よりも悲しいのは、ノンキャリ下級警官と呼ばれる交番の勤務員が「それ」を体感しながら一切何もできないことだ。

知らず知らずに溜まるストレス。慢性睡眠不足は、ウツを容易に誘発し、病死扱いと報告書作成される自殺の何と多いことか。

普通のサラリーマン以上に早くから身体が傷《いた》んでいる。

組織そのものが、英訳すれば「軍《フォース》」だから、常に戦闘前提の運営体制。

しかし、内部に棲《い》ると特段そんなことは感じないから、精神は階級《ランク》が仕切るシステムに順応する。上位下達、と書いたが、理不尽であろうと、理にかなっていなかろうと、運営・運用は上位階級が専《もっぱ》ら決定する。

故に、ペーパーテストで国家一種を通り、いきなり警部補から始まるランクのキャリアは、終生《しゅうせい》の厚遇を約束される。

性格が悪かろうが、犯罪や事案の現場ではビビッて使えない存在であろうが、階級《ランク》は階級《ランク》。

ペーパーテストと陰口をたたかれてもそれがルール。

親子ほどの年齢差や人生経験の豊富さなど考慮に入れられず、階級《ランク》上位の国家の上級試験に合格すれば、どんなに人間的に自信がなかろうが、あるいは自分が上級の人間だと愚かな思い込みをしていようが「意」が通る。

福島県警で、慶応出のキャリアが、部下となった年長の警視とその下の警部をパワハラなどというレベルではない苛烈なイジメを繰り返し、二人を自殺に追い込んだ事件があった。

これに類する事象は、報じられもしないが全国で起きている。

これが制度の欠陥でなくして一体何か。人《ひと》の生命《いのち》とは何なのか。アメリカもヨーロッパも、こんな制度は無い。

みなパトロールマンから出発し、警視になり、更には競争を経て最上位へ行くのだ。

ペーパーテストさえ通れば、途中から上位ランクに据えられ、卒業まで考査試験なしで行くという旧態依然の体質など「きちんとした治安先進国」ではないのだ。

ノンキャリアがキャリアに意見したり、変革を促したりはしない。

できないからでもあるが、それをやった途端、組織には居づらくなるか、顕著な、または陰湿な報復を受ける。

それが現状である。

「日本とは思えぬ愚かなシステムだ」

と神は思った。

「だがこの国は、人間の犠牲的貢献《デディケーション》によって成立、そして維持されて来た経時史もある」

だから、テストを通った五〇〇人が現場臨場からスタートする運命を選ぶしか道を見出せなかった二七万人を支配している現実は「仕方がない」のだ、とは思わなかった。

予算を勝ち取るための「検挙率作り」が毎日毎夜警察を憎悪する人口を増加させている現実。善い方へ改めなければならぬが、しかし、半世紀も改まらない。改めたら五〇〇人のエリートキャリアは不自由になって不満だろう。

自由に使える金は違法な手段で作っていた、それも五〇〇人に年間八〇億円だったとメディアに攻撃されるまでは、その手口が横行していた。

中国の公務員エリート制度である「科挙《かきょ》」を真似て作られた、とはこの国のエリート公務員たちは口にしたくないのだが、現実がそうなら、どこに反論の余地やその論拠があろう。

「ともあれ」と、神は思考を変えた。

「俺の法権限地域《ジュリスディクション》ではデタラメをしない。護民の任務を付託されている存在と常時意識する」

蒼いし、素人くさいが、これが大事と今更ながらこの考え方を噛む。

エリートが治安を作るのではない。エリートは最初から付与された最大限に拡大解釈された影響力を行使できる「支配」方法を取る。

ここから「図案」「権限行使の快楽」「治安に献ずる方法」等々ないまぜの思考を好き放題し

て日々、年月を送る。

結果を西日本一の大都市、犯罪発生及び犯罪の認知が東京と大差ない大阪で見る。

この十年ほどで、捜査放置二千件超、そのうち一〇件超が時効が来て触《さわ》れなくなった殺人事件だ。これがわが国日本の治安現状である。

かろうじて、諸外国にこの国は安全だ、と言わしめているのは「国民性」ということなのだ。

神は午前一〇時の交代要員に昨日昨夜の手短なリポートを与え、次席、三席と共に銀座一丁目交番をあとにする。

本署までは歩いて一〇分。

歩きながら、次席が年長の三席に言った。

「お前、大卒のくせに何でキャリア試験受けなかったんだよ」

「オレなんかで受かるわけないっしょ」

「ま、高卒の俺が言うのもナンだが、お前の大学の序列じゃ考えねえほうがいいのかな」

「先輩、ま、オレらより班長の方が現実味あるんじゃねーすか」

「そらそーだな。班長は何でノンキャリになったんですか？」

神がフッと笑って、

「キャリアじゃデカやれねーだろ」

「あ、そらそーですね」

三席が言う。

「班長と同じ大学の先輩が警察学校《がっこう》の一期上でいるんすよ。その人がね、いまの警察制度ってのは、隣の国の朝鮮時代の両班《ヤンバン》（貴族）と奴卑《ノビ》（奴隷）に置きかえられる。違うのは我々の組織においては昇任試験さえ通って行けば、カラダはどんどん楽になる。官舎も上等になる。でも精神的にキャリアは両班《ヤンバン》のマインドだから奴卑《ノビ》を同等の人間と考えることはない、って。班長、どう思うすか？」

「異論はねえよ」

「そんなもんなんすかねえ」

本署に着いた。

三人とも徹夜状態だから、酸欠脳でかすかに酔ったような感覚。

神は思い出した。

警察学校の初任科在学当時、万年警部補のハドリさんという教官待遇の職員が居て、警察学校に入ったばかりの我々に、よくホンネ話をしてくれていた。

「お前ら、警察っていうところはな。気を抜いちゃいけねえ。やっかみと捏造悪口の世界なんだ。階級が上なら人間として上という考えになってるバカが信じられんぐらい多い。だから面白くねえ階級下の部下は、あったりめえのように面従腹背なんだ。そんな人間になっちゃいかんと説くのがオレら警察学校《がっこう》の職員だがよ。リアリティを教えねえで何が学舎《まなびや》だ。キャリアの貴族意識はペーパーテストといえども、ルールに定められた関門を突破して勝ち取ったつー意識があるから生涯変わることはねえ。おめえらはノンキャリを選択した。だからキャリアにアゴで使われる。おめえらの親が国会議員や中央官庁の偉いさんでもない限り、キャリアは気にかけねえ。それか、キャリアが持ってねえ能力か家柄でもねえ限り下人《げにん》扱いされると覚悟しろ。いいか、警察の世界で、訳のわからんことや理不尽なことや疑問が生じたらオレのとこへ来い。何でも教えてやる。オレはこんな真ッ当なことを言うから警部試験にゃ受からねえ。ホンネを言わずに警部補まで来れたが、これから警察の世界に出て行くおめえらが、どうにも気がかりなんだ。いいか、心の良知《りょうち》を手抜きしねえで出すんだぞ」

ハドリ警部補は、神の初任科六ヶ月通して警察世界の真実を神たちに教示しつづけた。

初任科の学務や訓練を終えて神たちは卒業配置された所轄警察署へ配られて行き、一年半から二年を経て、現任補修科という再教育で警察学校に戻って来た。

神が卒業配置された所轄から現任補修科へ入校した時、ハドリ警部補はもう居なかった。懇意の古参職員に訊ねたら、

「島へ飛ばされたよ」だった。

一緒にハドリ警部補の様子を聞きに行った現任補修科《げんぽ》の同期生は「やっぱりな。ホンネ吐きつづけたからこの人事だ」と言った。

神は何も言わなかった。黙って現任補修科の三ヶ月を過ごした。

現任補修科は、初任科より少しだけ進化した教育をする。

初任科に毛の生えたような物だが、すでに警察官になって実務を経験した身であるから、安心感がベースになっていて、むしろ楽しささえある。

このゲンポさえ終われば、次に警察学校《がっこう》に戻って来るのは公安や刑事や生活安全の専科講習となる。

これらの講習のどれも三ヶ月の訓練で、終われば一丁前のデカとなる。

例外は、少ないがあり、神のように原隊は交番の地域課ながら刑事組織犯罪対策課の捜査員になるのも居れば、公安の講習を経ないで公安部員として正規捜査員になっているのも居る。

本署へアガった神に、地域課の課長代理である警部が寄って来た。

「神ちゃん、講習が来てるよ」

「ホゥ、何の講習スか？」

「すげえぞ。公安だよ」

パトカーと機動隊しかやったことのない昇任試験のムシの警部が言った。

神は浮かなかった。

公安の講習が俺に来ているということなら、本庁《ほんぶ》の人事二課も承知だろうし、ここの署の警備課の期待もあるのだろう。

やりたくない。

神は、一般捜査のデカでよかった。公安のデカは俺のガラなのか。

だが、課長代理を通してこんな話が来るなら、半ば確定のようだ。

ここでこの講習の話を蹴れば、私服の捜査員、つまりデカになる機会は失われ、人事異動で機動隊に配置される可能性は充分にあった。

それに、刑事組対課長・新垣とデカの師匠・笹原が、飲み屋で言っていた「わけのわからんこと」のスジを読んで行くと思いあたるファクターがあった。

要は、生活安全課《セイアン》だろうが、公安だろうが、一度「内勤特務」というやつになってしまえば、横移動は例外的に可能だ。

例外的にと言うのは、大概はないことなのだが、超がつくほど優秀か、捜査に必ず必要な特技などがあれば「例外」ということになる。神はその例外として相応《ふさわ》しいようだった。

外国人と日本人がつるんだ犯罪が年を追うごとに激しく多くなってきた。

英語を使えない捜査員や捜査チームは、本庁《ほんぶ》から通訳をその都度頭を低くして派遣してもらわないと事件を扱うことができない。

その通訳も、警察官がなった通訳捜査官でないことが多いので、一般人ということになる。

となると、保秘の重要度が高いケースでは、一般職員の通訳を使うには都合が悪い。

そのような場合は、所属がどこだろうと神のような警察官でそのうえ通訳ができる者は重宝されるどころではない、捜査チームの一番上位の者も深く頭を下げて来てもらうのだ。

何せ言葉だ。

わからなければ手も足も出ない。

どんなに階級が高かろうが、捜査書類作成が手際よく早く出来ようが、どんなに強気な捜査員だろうが、語学のできる警察官の前では態度を極端に小さくする。

する奴がいるはずもない、あるいはそんな性格が悪い馬鹿もいないだろうが、意地悪されたら捜査は長びくし、被疑者を四十八時間以内に、逮捕したら必ず検察に連れて行かなければならないルールのもとでは、通訳は最重要ポジションだった。

なぜなら、デカといえども只《ただ》の警察官以上のものなどいない。

それがたとえエリートのキャリアだろうが、言葉ができて捜査書類を作成できなければ警視だろうと警視正だろうと交番にいる制服と変わらないのだった。

その観点からすると、神は東大出を有難がる官庁が多い中、犯罪現場で東大出が全く価値を発揮できないシーンの宝だった。

チャイナマフィアには人殺しが多い。素手で殺し、包丁で殺し、銃で殺す。

ロシアマフィアしかり。

六本木にはナイジェリアマフィア、錦糸町にはバングラデシュマフィアだ。

フィリピンの悪い野郎どもはあちこちに居るし、アメリカ兵たちもあちこちで問題を起こし、東ヨーロッパのワル連中も銀行強盗やらドラッグ密売もやらかす。捜査に英語が絡まない日は多くなかった。

英語ができる警察官は総じて闘争力が強くない。

お勉強に明け暮れて人生をやってきたら、ケンカは強くなれないのが常だ。

神には闘争力が備わっていた。飛び切りケンカが強い。

それも幼い頃からケンカマインドが強力だった。

小学校低学年から盛り場で遊んでいたし、小学校に上がる前から格闘技を教え込まれていたせいもあった。

こんな奴いるまい。

いるはずがない、と言われる。

だが居たのだ。

刑事警察では、安心しきっていた。

神一太郎は原籍が地域課にあるが、刑事捜査部署に「転用」になっている。

いずれ刑事部のこの人材を必要とする所属課に配置できるだろう。

そうしておけば、同じ刑事部だ。通訳捜査官が欲しい事案に即座に対応させられる。

で、半ば放っておいたのだ。

公安外事警察は目をつけた。

今は刑事組織犯罪対策課に転用で捜査員をしているが、一件終了すれば我々の中に取り込もう。

刑事警察はすでに奴が手中にあると、タカをくくった状態だ。

甘い。

刑事警察はゆるい。

公安捜査の訓練講習に、人事二課を通じて行かせてしまえば、奴を取り込める。

刑事組対課長と強行犯一係長の気に入りの手駒らしいが、人事が動いてしまえば勝ちだ。

で、公安の講習が来た。

地域課が人事に勝てるはずがない。神は週明けから、警察学校第三教養部専科講習生となった。

朝八時には警察学校に着き、制服に着替える。

八時三十分に点呼があり、担当教官によっては、四〇〇メートルトラックを制服着用のまま一〇周させられる。

走り終えたらすぐに教場に行く。当然汗でビショビショだ。

だが、かまわず講義になる。

一般のデカとしても通用する捜査書類作成から刑法、刑事訴訟法などシッカリやるのだが、刑事警察と異なっているところは、出入国に関する細かい法律や一般的法律で外国のスパイを取り締まるさまざまな方法を学ぶことだった。

その他、公共の安全に必要不可欠な知識として、さまざまな思想団体や外国の組織、公共団体やら非合法組織等々のデータを叩き込まれる。

一定期間の座学が終わると、本部の各課へ一時的配属のようにして現実の捜査現場に組み込まれ、作戦会議から尾行、張り込みなど、実際の捜査シーンにリアルタイムで一員となって動くのだった。

第三教養部という学校の教習シーンでは、公安の理事官や教官が毎日毎日訓練に立ち会うから、公安捜査員としての精神や、メディアのように商業的損得やらのバイアスのかかっていない情報に触れて、普通の警察官が見ることも不可能な記録を目《ま》のあたりにしてパーソナリティができていく。

持ちたければ偏見を持って希少な情報に接することも可能だが、「優秀」なレベルに行くには「偏見」「都市伝説」「文化的バイアス」等々すべて乗り越えなければ飛び抜けた存在にはなれない。

梅檀《せんだん》は双葉より芳《かんば》し。

優秀な公安捜査員は、訓練の時分から一段も二段も抜きん出ているものなのだ。

神は、当たり前のように抜きん出ていた。

それが持って生まれたセンスで、遺伝子の発現だとすれば、訓練同期生や同じ所属の者や、一般世界の知人たちに疎まれようが嫉妬されようが、コンプレックスからくる憎悪を持って接してこようが、いささかも変わることはなかった。

何しろ生まれた瞬間に特性がこの世に出て来てしまったのだ。

この特性をもってすれば、レースで順位を競ったりする感覚で東大を目指すことなど滑稽なことなのだった。

このように生まれると、左へも右へも行かない。

「主義」と敢えて問えば、笑って「実質主義」と答えるのだった。だから「法律」が絶対ではないわけなのだ。

正しさとは「法」が規定して決めるものではない、と小さい頃から実感がある。

社会共同体の「互いを害しない」というルールは遵守するが、「法」なるものの解釈を地位の強さで好き勝手に決めて、対象にした人物や団体を強制力のターゲットにすることには憤怒を持った。勝手をして良民を泣かす奴は許さぬ。

暴力団だろうが、国家権力だろうが心根《こころね》の悪い輩が善良な者に害をなせば立ち向かう。

神一太郎の「生まれ」はそこにあった。

千年以上前からの先祖が獲得した形質が素地にもあったろう。

祖父母、父母から来た智《ち》や仁《じん》の心も加味され、幼少期からの家庭文化も背景にあって神一太郎を造っていた。

戦《いくさ》を為すだけでは社会の病理を治すことはできない。

力の行使を厭わない物理的資質と、善を行う強い心、弱者を護り日々の安寧《あんねい》を提供したい精神がなければ超一流の警察官ではないし、良質の武人《ぶじん》とも言い難い。

知は力を制御し、力は知を護る。

強者が弱者から収奪するのは古代からのユーラシアでは習いだった。

ローマしかり、中国大陸しかり、古代朝鮮しかり。

神一太郎の祖父も父も、それを徹底的に軽蔑し、文献で知っても一切の憧憬《しょうけい》を持たなかったし、ましてや賛美などしなかった。

彼らに影響されたフシもなくはなかったが、書を読み多数の人に接して知識を得ると一太郎も、独自の思考として、彼らの考えの側に立った。

遺伝子の強い発現。

それが最も的確な答えであったろう。


かくして、神一太郎は公安捜査の訓練講習を終え、警察学校第三教養部から、京橋警察署の銀座一丁目交番へ戻って来た。

これからまた、忙しい盛り場交番の昼と夜が始まる。

神は嬉しさも感じていた。

特殊な技能や知識を修めて、再び街の治安に身体ごと護民活動ができるのだ。

検挙率稼ぎなどせず、ひたすら弱者、困窮者を支え護り、力になるのだ。

事実、公安捜査の訓練講習を終えた者に、地域課の警視である課長も、その下の課長代理の二人の警部も、係長の警部補らも、巡査部長だと少しだけ姿勢をそっくり返らせている勘違い主任どもも、全くウカツな口はきかなかった。

神には、ケンカでも頭でもかなわないうえ、警察の機密部分の公安訓練を受けたため、触るのも気を遣う気分だった。

こんなわずらわしい奴と仕事をするのか、という雰囲気が地域課長を中心としたデスク方面に漂っている。

神が毎朝出勤して来ると、地域課の幹部連中は、その日の執行務の指示や通達や管内情報の吟味を口にしている時も、意識して神の方を見なかった。

確《しっか》りした仕事をせずに昇任試験の勉強に時間を注ぎ、特段、能力も特技もなかったため機動隊に回され、警備訓練以外は昇任試験の勉強ができたから、巡査部長や警部補まで来れたのだということに、少々の恥ずかしさを覚えてしまうのだろう。

一面真実だったが、神ほど護民意識が徹底していないことは痛くわかっていた。

安定した公務員で毎月給料をもらえる、制服を着ている時間は強気でいられ、階級上位の者以外は自分に無礼な口をきく者もいない。

これで定年まで何とか行ければ上々。

管内住民？

都民？

そんなことより、次の異動で自分がどこの所属へもって行かれるのかが気がかりだ。

人権や都条例や問題のある職質？

違法性のある職質？

弁護士を伴って来られたら、ひとたまりもなく刑事告訴される職質？

組織が護ってくれるだろう。

護ってくれなかったら？

被疑者か？

刑事被告人になってしまうのか。だが夜勤のたびに何がしかの勤務実績を記録にして報告しなければならない。

実績を残さねば、昇任試験の際の印象もよくならない。

昇任試験が通らなければ、いつまでもペーペーで、イヤな野郎どもに生意気な態度をとられる。

検挙率を上げれば、犯罪発生件数と検挙件数の見栄えいい数字が生まれ、キャリアたちが予算ぶんどり合戦の際にごっつ有利になるとは聞いている。

それはそれとして、われわれ制服員は、本庁の地域指導課の連中も回って来て職質を督励《とくれい》してくるから張り切っている姿勢も見せなならん。

夜になったら、自転車に乗っている素直そうなヤツを二人で職質して、ＩＤを出させ、照会して指名手配になっているかいないかの職務行動をいくつか行おう。

照会で手配が当《ヒット》りだったら賞がもらえる。

昇任試験に有利になる。

同じ自転車に乗ってる奴でも気の強そうな、少しは頭もありそうなのだったらヤバイな。

その時は署活系（警察署管内活動系）の無線ですぐ応援を要請しよう。
五、六人で囲めば前にも後にも行けんし、折れて身分証明も出すだろう。
そしたら照会センターに手配の有無を照会だ。

これをいくつか繰り返せば休憩時間も来る。

神の馬鹿野郎みたいに、ヤンキーやヤクザに職質ぶつけてやり合うなんざ、体が傷《いた》む。

リュックを背負ったアキバ系に職質かまして、五、六人で時間使って夜が過ぎるのを待つ方が利口というものだ――。


こんな考えのヤツが大半だ。

神の敵であり、神から見たら警察の恥であった。

神から見たら給料分働かない怠け者である。

この考え方で行動する神は、大半の「同僚」から見たら脅威だった。

彼らは神に内心あこがれ、嫉妬し、そして憎悪した。

しかし誰も神にケンカを売ったりしない。

殴り合いでは万が一つにも勝ち目はないからだ。


銀座の夜は実は暴力事案が多いのだ。

意外に思うだろうが銀座の昼間の高級な、シャレた、セレブな空気は日没と共に消滅する。

クラブのあるエリアのホステスたちの出没するところだけがネオンも明るく、虚栄、虚飾の別な意味で「高級」さが存在していた。

高い地代、高い酒、高い女。

見栄っ張りの男客。

フルーツ、スシ、乾き物。

神の父親もしばしば飲みに行っていたが、酒を楽しみに行くのではない、仲間や知人をバカがつく高い雰囲気でもてなしているんだ、と聞かされて神は育った。

ズルい奴、アホな奴、金が宝のヤツ、金がカタキのヤツ、女の体が買える位のゼニを持っているヤツ、ヤクザ、詐欺師、娼婦、娼婦使い、ハコの切り盛りをする男たち、ホステスの便利屋たち、酒場に出前を作るスキマ産業的食い物屋、客の投げるゼニで暮らしの足しにしている賢い女たち、銀座で仕事するのをステイタスと評価している女たち……ｅｔｃ。

こんな銀座。

それ以外のエリアは淋しく、うす暗い小路にはバカヤンキーどもがチマチマした小遣い欲しさの路上強盗《カツアゲ》をする。

このカツアゲ馬鹿を狩り、ボコり、泣かせる「趣味」を、神はティーンエージャーの頃おぼえた。仲間はたくさんいたが、大学に入って落ち着くかに見えた。

神以外、みな女のシリを追いかけたり、クルマに熱中したりして、拳を悪狩り《ワル》に使う楽しさから脱落して行った。

神だけ日本拳法をやり、小林流《しょうりん》琉球唐手をやり、ワル狩りに精を出した。

銀座には小学生の時分から父親に連れてこられて慣れていた。

中学校は神田だったから、放課後、歩いて銀座に遊びに行っていた。

中央通りを神田からまっすぐ歩けば、日本橋、京橋経由ですぐ銀座だった。

チラホラと夕方を過ぎて明かりのつく頃、神と仲間は銀座歩きから引き揚げる。

銀座歩きをする日は、部活に出ない。

柔道部とバスケットボール部のカケモチ。

生徒数の極端に少ない神田駅そばの千代田区立の中学校だったから、単独で運動会ができない。

区内の四ツの中学校が集って連合運動会というのを開く。

その時は、臨時陸上部員となって、一五〇〇メートル走、砲丸投げの選手になった。

連合運動会で、複数のバカが弱い者をいたぶっているのを見ると、神は単独でもゴロをまき、容赦なくステゴロのタイマンに持ち込んでツッパリのトップをブチのめした。

すでに小学校の頃からボクシングをやっているのもいて、構えも動きもスッ、パッ、と見事なものだったが、神の「股間蹴り」一発で口をあけ、前のめりに倒れた。

口をあけるのは、睾丸を蹴られると呼吸が止まって痛みと共に息ができないショックからである。

神の習った大東流合気柔術には当たり前の技として睾丸蹴りがある。もし、大東流合気柔術だと称して突きも教えず、股間蹴りも教えなかったら、「武田惣角」が仙台の庵で直《ジカ》に教えていたソレには少々の不足がある。

ともあれ、神は自分の所属管内にある銀座には子供の頃から馴染みがあった。

高校生の時分には地元のヤクザの顔など識別できた。

関東組織が三ツの事務所に区分をして銀座を仕切っていたが、十五、十六の頃は蒲田や川崎からカツアゲにやってくるヤンキーを狩っていた神たちにスカウトをかける地元ヤクザもいた。

神はサラリとかわし、スカウトしてきた地元のヤクザが出没しないエリアで遊んだり、有楽町や日比谷に足を延ばして暴れた。

真ッ当者《まっとうもの》には目もくれず、グレ者だけを狩った。

暴力をした。

法など足を踏み入れられない世界で、十代の拳《こぶし》は活躍をしていたのだ。

真面目者《まじめもの》をおびやかすバカヤンキーをぶっちめる。

これほどの正義はない。

女を痛めつけたり、悪さをする者もブチ倒した。

ヤクザにもならず、あこがれず、ケツなど持たれもせず、神と仲間は六本木にも足を踏み入れ、悪いバカどもをブチのめした。

荒れ狂ったのではない。

暴れまくって楽しんでいたのだ。

家に帰らず六本木で夜を明かしても親は大して心配しなかった。

充分強い。

ケンカの仕方は教えてあるし、本もたくさん読ませて教養も与えた。

やられていたら多少気にかかるが、やるぶんには何も心配はない。

選んでワルだけをぶっちめるだろう。

さすがオレの子だ、ぐらいに父親は考えていた。

そのとおりだった。

神一太郎は弱者に害をなす悪い者だけ暴力の対象としたのだ。

男としての父親は、実は心底《しんてい》息子が誇りでもあった。

医師としてはどうにも心細い。

このままボクサーにでもなられたら家業は継いでくれまい。その時は仕方がない、十《とお》も離れたあの子の妹に医療業務を継がせよう。

息子はエスカレーターで行ける大学付属校だが、それじゃあまりにも冒険がない。

男性ホルモン《テストステロン》支配の男子に生まれたんだから、少し普通でないことも与えてやりたい。

大学の四年になったら海外の英語国にブチ込むか。

手に職がつくところまでは行かぬが、英語が使えれば何か仕事を拾って生きて行くだろう。

女もいないようだが、ま、ブオトコでもない。

そのうち良い相手でも見つけて男としての楽しみ方をする。ほっといても相手にゃ困るまい。

さて、オレはスコッチでも飲《や》るか。

神は、この朝も八時前に署へ着いた。

ロッカールームで私服を制服に着替え、警棒や拳銃を装着して、署員の総員点検のため屋上へ上った。

まだ誰も来ていない。

一人の年配の、拳銃装着をしていない警部補が追いついて屋上へ上って来た。

警務課の統括係長だ。

「神《じん》君！」と呼びかける。

屋外で、制服制帽の神が「おはようございます！」と挙手の敬礼をする。

あわてて、統括係長が答礼しようと手を挙げかけたが、無帽のため手を途中でとめ、短く十五度に頭を傾け「お、おはよう」。神が黙って古参警部補の顔を見る。

ほぼ停年が近い。

停年半月前位に警部にしてもらって、二週間程度の警務課長代理としてデスクを別のところに設けてもらうだろう。

「代理！」と呼ばれ、こそばゆい面持ちで二、三日過ごし、残りの日々を仏の顔で送って去って行く。

どの課でも見られる光景だが、この人にも遠からず訪れる。

「君、公安へ行くことになったんだよ」

「ホウ。いつからスか？」

「明日だ。今日は点検も訓示も出なくていい。各課にアイサツ回りをしろ」

「了解」

神は、地域課から始めて、警務、刑事組対、生活安全、交通、警備と、公安に行くことになったと挨拶をして回った。

どうということもない。

自分にとっては目先の変わった捜査所属へ転ずるだけだ。

交番もやったし、転用として刑事組織犯罪対策課で殺人・強盗・特殊犯の強行犯捜査、暴力犯、盗犯も経験したし、デカイ捕物もした。

公安に移ったところで、大筋が変わるわけでもない。

エスピオナージとも呼ばれる情報活動。諜報とも言うが、平たくスパイ活動と呼ぶムキもある。

公安は公安外事とも呼称し、この国の民を護る安全活動を主眼とする。

公共の安全という言葉がその基礎となっており、ジャーナリストたちや大学の研究者や政府系でも企業系でも「公安」を理解し分析し、「よくわかったつもり」でソレを論じても、結局は上っつらを撫でて終わる。

公安外事は、公安外事をやった者でないと、一切理解不能である。

朝までやっている闘論だか討論の番組の中で時々「公安」を口にする出演者がいるが、公安外事をわかったようなフリをして、実は何も知らない。

公安外事捜査を経験している者は、それを見て笑い「噴飯ものだ」になる。

おかしくてたまらず、口に入れたメシをふき出すという意味。

公安について、さまざまな者が書くが、公安外事の経験者はいないから公安外事経験者が目にすると「チンチクリン」か「なんじゃこりゃ」になる。

ジャーナリストには、取扱い注意どころか、素人が絶対触ってはヤバイ核物質なのだ。

公安外事経験者以外、どんなに警察内の地位や階級が高くとも、ただ単に「素人」と公安外事経験者は見なす。

ここらへんが、警察内でも嫌われたり、疎まれたり、嫉妬されたり、羨望が悪口や憎悪にまで行ってしまう所以《ゆえん》でもあった。

だが真実なら仕方がない、と公安外事経験者は言う。

思わせておけ、所詮、それをやった者でないとわからぬ、と公安ばかりの宴会のしめくくりでは、その言葉が出る。

神も、公安捜査の訓練講習以来、そのような世界があるのを知った。

そして改めて、警部補・笹原の凄さを認めた。

笹原は巡査時代、羽田空港警察署に居て公安捜査の訓練講習を受け、次の所属で強行犯に転じてから刑事講習に行き、しばらく捜査一課で仕事をし、警部補になって京橋警察署にやって来た。

暴力団員が管内の飲み屋で暴れていても必ず臨場し、部下を二、三人突入させて制圧すればいいものを、上着を脱ぎ宿直の者が着ている「出動服」を羽織ってヤクザとタイマンを張り、殴り合いに勝って取り押さえる。

「めったにいないタイプ」

「大昔は結構いたタイプ」

しかし今時は、ほぼ絶滅したタイプである。

だが笹原は、神にそれを見出した。新垣も、それについてはよくわかっている。

新垣も同じ類《たぐい》であるからだ。三人とも、「クルクルパーの命知らず」ではない。

持って生まれた闘争センスと、この冷酷な世の中に対する憤《いきどお》り、良民を護りたいと心から欲する願望の権化だった。

俗世間からの理解はいらぬ。

やるべきことをやる。

やりたいことをやる。

命が懸かってもやるのだ。

これが今時の大半の警察官から消えてしまったパーソナリティだった。

神は公安捜査第一係に属し、公安も外事もこなし、不法滞在のチャイナマフィアやナイジェリアマフィアやテロリストグループ、米軍や自衛隊や政府の機密を盗もうとする中国の工作員らを叩いた。

忙しく、また、体力を毎回使い果たす内容の捜査だった。

時間との勝負の局面がしばしば出現するので、結局、睡眠時間を削る。

暴力犯捜査従事時代にお世話になった宮原《みやはら》という警部補がよく口にしていた「我々は不眠労働者なんだ」が毎回思い出された。

これでいい。

今の俺には、これしかない。

せわしない毎日だが、寸暇《すんか》ができると空手をやった。

捜査現場に車で運ばれる時も「警務要鑑」を開いて昇任試験の勉強などしない。文庫か新書を読む。

文学もあれば学術書もあった。同僚や先輩・上司は、警務要鑑を開いている者には理解を示し、何も言わない。

神が書物に目を通していると、いささかの厭《いや》みをこめて、どんな内容か訊く奴もいた。だがケンカを売る領域までは行かない。

イヤミで訊いてくる奴は、ハラの太くないのがほとんどだから、実は臆病者も多い。殴り合いで神に勝てると思っている馬鹿は一人もおらず、みなひと言ふた言で引き下がる。仲間どもの手前、カッコつけて見せているのだ。

神は心の中でせせら笑う。これじゃてめえらヤクザもんに器量を見透かされるぞ。

公安捜査第一係に藤田《ふじた》警部補という「ボクシング講習」経験者がいた。

神はボクシング講習に行っていないが、ノンプロジムを二ツも渡り歩いたため、藤田警部補とはボクシングの話で盛り上った。

そんな二人を、他の公安外事捜査員は、まるで暴力犯を見るような目で見た。

「公安は頭脳だ」とカッコつけて仕事をしている奴に多いタイプが、そんな目で彼らを見ていた。

しかしボクサーも琉球唐手は不気味らしく、警察部内のボクシング経験者がたまたま多く集うことになった宴会でも、神をはじめとするカラテ使いは、それとなしに気を遣われた。

神には肌でわかっていた。

国際式と呼ばれているノーマルなボクシングは足技を使うことが禁じられ、たまさかケンカになった場面でも手技ばかり出るのが自然だった。

タイ式などとも呼ばれるキックボクシングは足技を使うが、手技だけと限った国際式をやった場合、キックのボクサーはなかなか国際式の連中に勝てない。

カラテの中でも、琉球系の伝統空手は強い突きと速い蹴りが特徴で、目潰しや急所蹴りも繰り出す、素手で人を殺せる「殺し技」。フルコン（フルコンタクト）と名乗る種類はグローブを着けた試合の際はほとんどがキックボクシングと同等だった。

琉球唐手、つまり沖縄空手の地では、新興の「フルコン空手」なるものを全く評価せず、彼らだけの集いでは蔑視すらしていた。

カラテという名称を名乗られることを沖縄の諸流派では快く思わずに来たのだ。

神は沖縄の文化が重層的に入っている琉球唐手をこよなく愛し、闘いの技法としか見ない空手練習者たちとは沖縄を語らなかった。

本土の空手の連中の大多数が空手修練の目的で沖縄に行かず、沖縄の空手家たち、とりわけ長老と呼ばれる先生方とは面識を持たなかった。

神は何度も沖縄に行き、上地《うえち》流、小林《しょうりん》流、剛柔流等のどの長《おさ》とも親交を持った。

無論、仲介者や紹介者は居たが、神の人柄や接し方が長老たちに気に入られ、長く、まるで親族のような付き合いが続いている。

沖縄では大昔から空手は生活の中にあり、本土の一般の者が珍しげに、また、こわごわ口にしたりする撃砕技《げきさいぎ》ということでもなかった。

神の幼い頃から生活の中にあった格闘技と変わらない。闘いの技法には違いなかったが、この南方の縄文人にとっては楽しみのひとつでもあり、精神鍛錬や心身浄化の手段としても成立していた。

この面における沖縄空手に神は心からなる好意を持っていた。

沖縄の人のやさしさ、心の広さ、ほど良いだらしなさ、等々を受容し、また愛した。

ソーキそばやサータアンダギーを好み、色白の秋田の遺伝子が強い太陽や高い気温を楽しんだ。

第5章　悲しき依頼

ある日、多忙な公安外事捜査の只中に、ぽっかりと二日空いた。

連休である。

さーて何をしてやろう。

神《じん》は、午後十時に帰宅し、お湯を沸かして食事の仕度に取りかかった。

お湯さえ沸かしておけば、レトルトの御飯をドンブリに入れて上からお湯をかけてまぜ、粥にできる。

その上から生卵二ツ落とし、醤油を少々かければ、卵ガユができる。

実行した。

生野菜をやはり二種類ほどドンブリに入れ、ワッシワッシと食ってから、卵ガユを漆塗りの木製スプーンで口に運ぶ。

忙しさやイヤなこと、怒鳴り合い、他所属との捜査コラボレーションで起こした摩擦、イキがった馬鹿捜査員どもと仕事終わりの飲み屋でケンカになり、表へ出ろ！　とオドすから本当に表へ出てやりあって秒を待たずにシリモチＫＯを食らわしたり、アホなくせに昇任試験だけつまりペーパーテストだけでノシ上った階級上位者が無礼な口をきいたので、その態度を指摘したら大声で「お前、階級は何だっ！」とイキまいて来たので「知りたきゃ人事に訊けよ」と目を正視したら視線をはずして小さくなった、なーんてことで傷ついた胃も、粥で休まる。

粥をすすりながらテレビを観たが、どのチャンネルも金太郎飴で、ひねりの利いた番組もさしてなく、報道だ、ジャーナリズムだと「視聴者に対する上から目線」がそこはかとなく臭ってくる特集や解説番組も、特殊な事件捜査や警察部内でも「捜査適任者名簿」というリストに載っている限られた資格の警察官しか見られない資料をさんざん見た身としては、どれも空疎に映る。

目は退屈しながらも舌や腹は満足した。

午後十一時半。

「寝とくか」

睡眠して成長ホルモンを分泌し、身体の傷《いた》んだところを治そうと思った。

が、しかし、目が固い。

寝つけない。

今晩は今の時間に寝て、八時間きっかり後に目をさまし、遠出をする予定だった。

仕方なく、父親からもらった睡眠導入剤を半錠口に放り込み、眠りの質を良くするために味の素で出しているグリシン製品「グリナ」をサラサラと流し込み、多めのヌルマ湯を飲んだ。

万全、という言葉が神の頭の中を過《よぎ》った。

睡眠導入剤、それもベンゾジアゼピン系の夢も見せないのを飲み、アミノ酸のグリシン製品「グリナ」は眠気もさそう。

これで八時間眠れたら言うことなし。

目ざめた時、おそらく神の理想とするＳＥＭＩ ＳＵＰＥＲＭＡＮになっているかもしれない。

夢をあまり見ないはずのベンゾジアゼピン系の睡眠導入剤のはずが、夢を見た。

祖父が出て来た。

一八七センチ、一二〇キロ。

ハリスツイードの三ツ揃い。

クルト・ユルゲンスという往年の俳優にそっくり、と言われた祖父。

「おじいちゃん！」

祖父は正視して、片方の口の端でかすかにほほえんだ。

「どうしてるの？」

「大丈夫だ」

「そう」

「つまらないだろう」

「少し、つまらない」

「悪い奴をもっと泣かせ」

「そうしたい」

「そうなるさ」

祖父はフェイドアウトした。

神は深い暗い眠りに落ちた。

何も考えず、何も感じない。

眠り、眠り、そして無になった。

時計のベルが鳴った。

けたたましいが、健気な音。目覚めてほしくて懇願するような音だった。

神は受け入れて醒める。

うーむ、身体が整っている。

ビタミンも蛋白質も炭水化物も摂っていたが、眠りで得られる成長ホルモン分泌が足りなかったか。だが今や、何の問題もない。

連休一日目。

そろりと起き上がる。

畳の上に敷いた寝床が、眠りの間に神に活力を与えていた。

四角い食パンをトースターで焼き、コンビニで買って来たハムをフライパンで焼いたあとに、卵を二個落とし目玉焼を作る。

インスタントコーヒーはネスカフェゴールド。二さじマグカップに入れ、湯を注ぐ。マグカップ七分目までの湯で止め、牛乳を目一杯入れてカフェオレ状態。

スロージューサーで酵素の壊れていない野菜ジュースを作る。それが終わると、ヤマイモをサイコロ状に切ってジューサーを洗わず放り込み、ヤマイモスムージー。この二杯を二ツの大グラスで次々と飲み、ほどよく冷めたカフェオレをグイッと飲《や》る。

これで終わらない。

手のひらほどのカマンベールチーズを包装を取ってバクバクと食い、トーストした一枚目のパンとあわせて味を楽しむ。二枚目のパンにハムを載せ、パンを二ツに折って端からワム、ワムと食う。

ここでまたカフェオレをグイ。

三枚目のパンを手に取り、英国産ブルーチーズのスティルトンと交互に食って、だいたいの朝食を終えた。

塩分過多。と神は思い、冷蔵庫からバナナを二本取り出し、味わわずに食う。

ナトリウム過剰だから、カリウム豊富なバナナで余分なナトリウムを追い出すのだ。

ええい、念には念だ。

マルチビタミン&ミネラルを放り込み、ついでに、カルニチンとアルファリポ酸、DHA、EPA、DPAのカプセル、頭脳のキレのためにイチョウ葉のギンコビローバ、よりアタマの回転を促すDMAE、そしてBコンプレックス、大量のビタミンC、しめくくりに発酵黒ニンニクを摂った。

母ならばラクトフェリンも摂ったらと言うところだろうが、あいにく手元にない。

ま、このくらいでよかろうとシリカ水を五〇〇ミリリットル飲んでしめくくった。

朝食が終わると、三〇分の安静時間。何もしないでソファにボテッと座る。

目を閉じた。

自分の呼吸を感じる。食べ物とサプリメントが融合して行く。

一流ホテルの朝食もいいが、こういう我儘《わがまま》な朝メシも良い。

旅に行くと、一流半のホテルの朝食は、和洋両方のバイキングが多い。

神はいつも両方シッカリ食う。特に和食は海苔、大根おろし、ミソ汁、梅干しを基本とし、焼いたシャケの切り身三枚、納豆三カップに白飯一杯を食う。

洋食はそれが終わってから、ソーセージ、ハム、牛乳、シリアル、ヨーグルトと攻めて行き、よく焼いたトーストを牛乳をたっぷり入れてヌルマコーヒーを作った中に浸して食う。

家での朝食と食後休憩が終わる。

白いＴシャツ、チェックのボクサーパンツの上に、薄カーキのコットンパンツ、ラムレザーの黒いジャンパーを着ると、休日の外装ができ上った。

このラムレザーのジャンパーは、神がソウル旅行に行った際、イテウォンの皮ジャン屋であつらえた物。

アンコを三枚にして防寒してあり、内側ポケットは左右ジッパー付き。

五万円でオーダーメイドだったからアメ横でも手に入らない。仕上げにキャップをかぶり、靴はレッドウィングのショートブーツ。スタイルは大学生の頃とあまり変わっていないが、中味は新進にして気鋭のインテリジェンスオフィサーだった。

神の警察部内の階級は、いわゆるペースケ、つまり最下級という巡査であったが、制服の巡査と権限が全く違う「司法警察員」だった。

刑事になると制服には与えられていない司法力が付くのだった。ここらへんは、一般の人間には理解されておらず、かえってヤクザ者など裏社会の人間のほうが事物をよくわかっていた。ヤクザ者をはじめとする裏社会住人は、制服なんざチョロイ、なんとでも言い抜けてやらあ、とほざく者が多いが、私服の刑事《デカ》はバカにしたらヤバイと言い添える。

制服に捕《つか》まったら、引致と言って、私服のデカのところへ持って行かれる。この私服のデカは階級は同じだが、制服の捕《と》らえて来た犯人《ホシ》を受け取って留置ができる。

私服は逮捕状《フダ》を持って逮捕に行ける。

警察施設へ連行して、留置場に入れる前に「弁解録取書」という司法書類を作成する。

制服はここまでもできない。

私服は「弁解録取書《べんろく》」を取ったあと、被疑者を留置場に入れ、必要に応じてその日からでも取調室に手錠・腰縄付きで留置場から連れて来て、いわゆる「調べ」をする。同じ階級ながら制服はしない。

裏社会住人は、このへんのことをよく知っているからデカを嫌がり、デカを軽視しない。

賄賂《こづかい》をやっているとウソぶく裏社会住人は、飼っている警官がダレダレで、月にいくら食わしていると親しい警察関係者には言う。

警務部の監察はこの情報が欲しい。だが、なかなか裏が取れない。

そうこうしているうちに、その所属の長や主要幹部が先手を打って人事に働きかけ、問題の人物を転勤させ、関わった裏社会の者たちと断絶をはかる。真相は藪の中ということになる。

逆に、所轄警察署の制服複数名が違法行為、つまり犯罪を行っても、殺人や強盗、窃盗まで行かない都条例違反等だった場合、監察に処罰を申し立て、被害を受けたのが個人で弁護士を立てなかった場合、事案が発生した所轄署に調査を委ねると言って案件を移し、所轄署は被害を受けた個人に、調査の結果問題は認められなかった旨の書状を送付して終了を計る。

被害を受けた個人は驚きつつ呆れ、あまりの警察の対応の粗略さに大抵は行動を止める。

しかし、意思の強い被害者なら「出訴期間中」に弁護士を起用し刑事告訴を行う。

かくて、警察官の逮捕が行われ、違法行為をした者たちは組織から排除される。

こんなことが全国の警察で多発し、メディアの表に出るが、なおらない。

なおりようがない、という厳然たる因があり、「警察官の逮捕者」が多数出現するという果てになっている。

仮にも先進国と言われるわが国で、こんな恥ずべき事象が頻発している現状がある。

ともあれ、その現実と共に成立している警察の中に神もいた。

警察学校大卒コースから、定番の地域課の交番の班長を経て刑事組織犯罪対策課で暴力犯、強行犯の捜査をやり、そして公安外事警察へ転属した。

この経歴で充分だろう、お前もう好き放題やっただろう、還って来い、と神の父親は言う。

神は迷った。

積み上げて来た足跡《けいれき》は、確かに誰もが経験できるものではなく、もうしばらくやりたい。

警視庁語学研修の六ヶ月間、選抜・中間・卒業の各試験において、すべてトップの成績を出した神は、副総監兼警務部長から優等賞をもらった。

卒業試験発表の翌日、見知らぬ者たちから電話が複数かかって来た。有名商社や有名新聞社などだ。

情報が外に洩れているわけだが、神のような何でもできて語学もトップの成績を修めた人材は、商社も新聞社も当然欲していたのだ。

使い道が多い。

神は各社の部長ら以上の幹部と接触することになった。

給料は今の四倍以上で、年間収入と来たら、今のソレと比べてあきれるほどの額だ。

海外勤務をほとんどの社がニオわせ、神の頭の中ではバックパッカーの頃の思い出がよみがえる。担当者たちの顔を立てる意味で「考えさせて下さい」と言った。

だが後日、すべての社に断りを表明した。

人生のこの時期は、これしかなかったのだ。

公安外事警察は事実上の広域捜査組織で、どこに所属していても、事案があると右も左も欧米もアジアも関係なく、捜査に投入された。

神も事実、外事一課へ「吸い上げ」と呼ばれる捜査投入をされ、一定期間事案解明や対象の分析等をさせられたのち、原隊に復帰。

しばらく原隊での捜査を行ったと思ったら、右翼事案などに投入される。本当に使い道、捜査用途が多いのだった。

神は、成した外装で表へ出る。

十五分歩くと地下鉄の駅があり、まっ昼間の空いた地下鉄に乗る。

しばらくすると麻布十番に着いた。

先刻、朝食を終えた神に、停年で退職したＯＢから電話がかかって来た。

ＯＢの住む武蔵小杉から地下鉄でやって来るため、待ち合わせは沿線の麻布十番になった。

地上に出たところにあるブラッセリー。

ＯＢはすでに来ていた。

「や、しばらく」

と片手を挙げる。

灰色の上下スーツにノーネクタイ、ウールの地味なチェックのオープンシャツだった。

最後に会った時から二年ほど経っている。

顔がくすんで、少し痩せていた。

「ごぶさたしています」

「元気そうだな」

「ま、おかげさまで」

「何飲む」

「俺は」

「カフェオレのあったかいのだろ」

「よく覚えてますね」

「冗談言うなよ。お前のカフェオレは有名じゃねえか。それもあったかいヤツだ」

「そうなんスよ」

「冷たいの体に入れると内臓がうまく機能しねえ。戦闘機がウォームアップする時間が短ければ短いほど戦うのに都合がいいってやつだ。笹ちゃんみてえな奴だもんなおめえも」

「笹原キャップも胃を切ってからはあったかいモノ派スね」

「お前らは師弟だが、すげえよな。捜査も公安もやっちまう」

「幸運ですよ」

「俺みてえにパトカーと交番でずーっと来て、所轄の警ら隊。そこからなんとか生活安全課《セイアン》の家事相談担当で終われた。お前らは正直、うらやましいぜ」

「チョウさんも変らないっスねえ。ストレートにモノを言う」

「だがな。あまり元気でもねえんだ」

「何でです？」

「娘が、」

「……」

「まずいことになった……」

「……」

「警察のＯＢでビルの守衛長じゃ長年支えてくれた家族に報いることもできねえ。でな、おとし娘が英語の専門学校からアメリカにホームステイで語学留学をしてえって言った。嬉しかったぜ。やっと何かできる、ってな。で、旅行会社を通じて、娘のあこがれの西海岸だ。娘よろこんでな。成田までカカァと見送りに行ったよ。嬉しかったのは娘よりも俺だ」

そこで、ＯＢはグイッとコーヒーを飲み干した。

「神」

「はい」

「俺、ビール頼んでもいいかな」

「そりゃあもう。チョウさんの裁量ですよ。ビールもテキーラも」

「ここにテキーラはねえな。河岸変えようか」

「了解」

二人は、麻布十番の奥へ歩き、昼間からやっているこぢんまりしたＢＡＲへ入る。

薄暗い。

入ってみると意外に奥行きがあり、バーテンダーのいるカウンターやレジから離れたテーブル席が幾つもあった。

二人のテーブルにテキーラサンライズと氷抜きのシュウェップスが運ばれて来た。

テキーラサンライズは即座に飲み干された。

神はシュウェップスをゆっくり味わい、その間にもう一杯のテキーラサンライズが運ばれた。

二杯目のテキーラサンライズも空になった直後に、本題が始まった。

「俺の娘、アメリカに着いた当初は陽気なメールを送ってきてた。毎日が楽しい。学校もホームステイ先も、と。しばらくしてメールが途絶えた。やがて、日本に帰りたい、と言ってきた。何故とたずねても、ただ帰りたいと言う。アメリカ文化が合わなくて、自分の国に戻って来るのも多いと、旅行会社の留学担当に言われたのを思い出した。ホームシックの強いやつだと思った。で、ある日、娘がゲッソリやつれて家に帰って来た。病気だと思ったよ。だが、心を病んでいる様子だった。母親にもなぜ帰国したのか言わない。仕方なく、母親が医者に連れて行った。心療内科の女医だ。そこでえれえことがわかったんだ。テキーラサンライズおかわりくれ！」

娘はホームステイ先の十七歳の息子にレイプされた。ほどなくして、その息子の父親も部屋にやって来て強姦が行われた。娘はおかしくなり、治安の悪い外へ出ることも恐れ、家の中へとじこもった。内側からかかる鍵をかけ、精いっぱいの防衛をした。息子の母親、その家の主の妻が外出した日、力ずくで息子と父親が鍵を壊し、部屋に押し入ってきた。抵抗はかなわず、再び、娘は犯されてしまった。

そして、日本とのメールのやりとりの直後、意を決して帰国したのだった。

三杯目のテキーラサンライズも効かず、娘を凌辱された父親の顔から涙が滴り落ちた。神は何も言えず、斜め下を見つめて、言葉を待った。

「殺してくれよ」

「……」

「奴等を殺してくれ」

「……」

考えた。

殺せる。

卑しくて劣った父親と息子を殺すのは簡単にできる。

飛行機に乗って、命を奪《と》りに行く。

そして帰る。

「殺《や》ってくれよ、神」

「……」

再び考えた。

地元の法執行機関に捜査依頼できなくはない。

しかし、企業役員でヨーロッパ系白人だという。

被害者は離国している。

アメリカの法裁定の道順からすると、被害者が法廷に存在せぬと被疑者へ罪刑を科すことは不可能となる。

神は、現任補修科で再入校した時、高田恵美丸《たかだえみまる》教官から教えを受けた「DEU《デュ》 PROCESS《プロセス》 OF《オブ》 LAW《ロウ》」を思い出した。

何人《なんぴと》も正しき法の手続によらずして断罪あたわず、である。

だが、法執行機関が、白人企業役員親子の性犯罪を、それも日本人女性を対象にしたものを捜査対象としてくれるだろうか。

ここはひとつ、渡米して、地ならしをし、法執行機関に捜査発動を行うよう下ごしらえをして来よう。

それが成功したら、被害者を伴って彼の地へ行き、強制捜査と裁判だ。

所属には有給休暇を申請しよう。

「チョウさん、娘さんは渡米可能な状態ですか」

「……」

「……」

「……」

「それが……」

「先月、首を吊った……」

「──」

「死んだんだ」

神は言葉がなかった。

レイプされた上、精神を潰されて死に追いやられた。

死をもって償わせるべき。

ならば渡米し、サクサクと事を行って一件を終える。

強姦をした父子の奪命など雑作もない。陸軍中野学校の遺伝子を継承した神にすれば、やらざることすなわち「義を見てせざるは勇なきなり」となる。

心が決まった。

テキーラのグラスを持った手が口に運ばれず、その強酒を注ぐべき口から出た言葉は、

「間違いだ」

グラスがテーブルに置かれた。

「お前に殺しを頼むのは間違いだった。父親の俺がアメリカに渡って、親子を殺すのが筋だ。済まん。頼みは取り消す」

「でもチョウさん、首尾よく行かなかったら、えれえことになりますよ」

「覚悟はできた。俺がやらなきゃならねえよ」

「……」

「娘が浮かばれるためにゃ、父親の俺が、悪魔どもに鉄槌を打ち下ろす必要があるだろうや」

「二度と女に悪さできねえ体にしちまうことも……」

「……二度と……か」

「二度とです」

「筋が通る。殺しゃ野郎のカカァも困るな。親も居ようよ」

「俺、やりますよ」

「……生ぬるいのはねえだろうが……一生苦しい思いで暮らさせるか」

「いいでしょう」

「やってもらえるか」

神がうなずいた。

連休はまだ一日プラス半残っている。

神は警察のOBの話を二時間聞き、日暮れの街に出た。リーマン、OL、学生、オタク、ヤンキー、ギャル、美容室へボチボチ出かけるホステス、ヤクザ、ガテン労働者らが街にいる。みな地球上の生命体だが、共同体の中に居るくせに、他の生命体に害をなす者がいるから神が居るのだ。

神は、何が正しいことかの思考のもとに、その雷《いかずち》となった。

この国、日本の法律は尊重する。

だが、法は人が作り、その人なる個体の文化が反映されている。

集団や複数人で作るから多数の文化が反映される。法を作るタイプの人間の生まれ、生育環境、教養、知性を考えると、「不備」「不足」「社会実態無知」やらが、個々の法に見出《いだ》されないことは「ノーマル」でない。

法はある意味、「最大公約数」である場合が多く、それをブーイングなしに執行する「解釈」にみな頭をひねるのである。

法が個々の人間事情に合致した効能を発揮できるか否かは、それを「解釈」して執行する人間の良質さにかかっている。

天《かみ》は神《じん》を造り、あの父母と組み合わせ、この国に誕生させた。神は茨の道に放り込まれ、武術の備えもありながら小学生で三度も転校の試練に遭い、一対六程度の毎回の暴力洗礼《イジメ》と対峙し、血だらけになりながらも集団暴力と戦った。

当然やられる。

顔から血を流し、服をまっ赤にして家に帰る。

母親は「誰にやられたの」とは訊かない。

「何人にやられたの」

「六人」

「じゃあ一週間でやり返しなさい」だった。

神は日暮れ時《どき》、六人のうちの一人が家で夕飯を食べるために必ず通る住宅街の道をみつけ、建物の陰に密《ひそ》む。

待つ。

小学生だから、家で夕食はする。通りかかると、神が現れて表情も変えずに相手をブチ倒した。

これで一人。

これを毎日やって、六日で六人全員をシメ、転校先の学校を平定した。

屈服させたが、追ってのイジメはせず、六人の曲がり者は、神がいることでストレスを常に抱きつづけ、みな弱くなっていった。

小学校の自然の姿を神一人が核物質となって撓《たわ》めていた。

決してノーマルな状態ではない。だが小学生は心身ともに成長途上で、暴力が隷属を生んでも、やったもん勝ちの余得となる。

時間が経てば当然の支配者感覚。

かくて、「イジメ」の集団に周囲は従わされ、頭《こうべ》を垂《た》れざれば自死にまで追い込まれる。

神はその組織体の姿を、力ずくで抑えつけ、ユーモラスな性格の小学生や子供ながらすでに趣味や無害な嗜好を持った同級生の保護をし、自由闊達な日々を送らせる「要《かなめ》」の役を自分で自分を任じて作った。

有害なバカを暴力を振るって、カネや食い物や所持品を巻き上げる勝手を封じ、神の、たまさか目のとどかない所でワルいガキがソレをやったことを知ると、体育館のウラでも、便所でも、学校の外の通学路でも、鼻血を出すぐらいブッちめた。

六人ほどの有害者は、みな神に制圧された。

この者たちが毎日受けている神からの強いストレスは、この者たちの精神や今後の人生を変えてしまうだろう。

しかし、これで良い、これで大多数の生徒が救済される。

たかが小学生ではない。

すでに彼らの世代の社会共同体はでき上っており、無理解や見てみぬふり、責任回避にキュウキュウとしている教師たちが、暴力集団を「何とか」し、自分たちの日常を「脅やかされない」ものに変えてくれる期待を毎日渇望しつつ生きている。

だから耐えきれぬ者は恐怖と相対することを避けて不登校になり、暴力集団に逆らって過酷なイジメを続けられると、親からも教師からも現状変更をしてもらう切望をかなえてもらえず自死をする。

志は小学校三年程度で醸成が進むが、暴力集団の行使する直截な物理的攻撃には耐久力がついていない。

痛みや恐怖、同級生の面前で与えられる恥辱には堪える力がない。

ここに神のごとき暴力集団の持つ物理力を凌駕《りょうが》するポテンシャル体が現れると、世界が一変するのだ。

神は「善良」の権化であったから、暴力集団の「悪性」が利得を求めるのを暴力で制し、一切の見返りを求めることもしなかった。血みどろの転校生攻撃を受けて、「悪性」集団を痛みを伴う報復で従わせた結果であった。

ほとんどの学校には神《じん》がいない。支配がワルによって行われ、隷属、隷従を多数に強いている。たまーに神的存在が発生しても、番長などとまつり上げられ、ワルに変化してオイシイ日常に取り込まれる。

神のこの性格や行い、学校の現状を、父母はよく把握していた。暴力礼賛ではない。使うべき時に、正しい物理力を行使せずして成長過程の学舎は快く保たれぬ。

教師が解決できぬのであれば、わが息子をイカズチとしてその病理に撃ち込もう。

それが成長途上にある世代の共同体を救済し、心穏やかな日常となるのなら、やらねばならぬ。

そしてそれは、息子の成長にも役立ち、来たるべき苦難に立ち向かう力の糧となろう。

神の父親はそう思っていた。

母親にも大変珍しいことに異論はなかった。

かくして、法が人間のつくる共同体の「実態」と「適切な対処」「適切な規制」に及ばない数多《あまた》の事例を体感して神は育った。

法を体現しよう、などとは思わない。

正しいこと、それが法の規定する事象と異なるものであればその法は人間を幸せにしない。であれば、その法は用いない。法に仕える、というカタチは守りながら、神は善を行うことだけを追求した。

法執行の世界にも悪心《あくしん》を持つ者が多数いる。

賢く、利にさとい。上手に行動する。

民を案じておく、という大義は言語として知りつつも気にかけぬ。

神はそういう者に出会って、そういう者が結果として良民の苦しみを救わぬ、という場合、その法執行者を罰することに一切の躊躇をなさなかった。

エスピオナージ的に、その地位から転落する工作を行うこと、その者の通勤途上で物理的に重要な書状や資料を剝脱し、害をなす組織や集団から利得を与えられていることが判明したら指を折り、場合によっては全裸にして女子便所に放り込み、現行法令で身柄拘束をはじめとする処罰のベルトコンベアーに乗せた。

当然、その工作結果はメディアにも出る。

高位の法執行者から一転して破廉恥の汚物と化すのである。二〇一五年九月二十五日、東京は北区にある所轄警察署の刑事組織犯罪対策課長が、他署にワイセツ罪現行犯で逮捕された事実がある。

この犯罪はこの被疑者が法執行者としての精神を持ち合わせず、自然の成り行きとして捕縛されたものであるが、このような状況を〝作成〟することもできた。

神は法執行機関そのものの存在は認めていたが、そこに奉職して禄《ろく》を食《は》む人間たちを一様の聖職者と見る愚はしない。

法執行機関という聖域にまぎれ込んでいる多数の身勝手で冷酷な、人の道にはずれた存在に出会えば、面と向かって挑発し、それに乗って拳を放ってくれれば倍もの痛い殴打を返した。

神の日常はこういう一面もあったから、捏造誹謗は常態であったが、全く誰も正面から戦争を仕掛けられなかった。

物理力とそれに伴う痛みや敗北を、多数の目にさらされる辱めを恐れたからである。

前出の北区の警察署は署員の違法行為や法令無視が多すぎて本庁《ほんぶ》も頭を抱える問題山積の所属となっている。

配置される職員が低劣なのが多い、あるいは多くなってしまったというのが主因であるが、日常的に違法な行為をとる愚者が多いのは校風や家風と同じで、それも実に劣等な組織伝統になってしまっている好例である。

神はこういう状態を蔑《さげす》みはしたが手を下す時間を使わなかった。

良民にとって益にならぬ組織が牙をむいてきたら、物理的、社会的に無力化し制圧し棲息世界から排除するが、一言で言って「馬鹿は糞溜めにおれ」であった。

いやというほど、このような愚かで劣った者や事象を見た神は、汚物を見て動じない精神性も備えたのである。

敵は増えたが、頼ってくる味方も増えた。

そんなことを思いながら、神は渡米のプランを立てはじめた。

今日、動物性蛋白を摂り、明日も摂る。

野菜を充分に摂ったうえで獣肉を食らい、米を食う。

よく寝て、筋力を鍛錬し、集中して速く強い力を出す基礎を作る。

打撃、関節技、足蹴技、を再鍛錬し、脳に回路を植えつける。

対象が大きかろうが、強かろうが目を鍛えることは不可能である。睾丸を鍛えることも不可能である。

この二点を一瞬で打てば相手の心は去る。怯え、闘争力は萎える。生きることのみに脳は偏り、拳も足も止まる。

上で目を潰し、下で睾丸を潰す。

強く悪い存在を無力化するのは、琉球唐手のこの技法である。

そう考えて神は、洋食屋に入った。

生野菜サラダ、トマトジュース、パイナップルジュース、四〇〇グラムのハンバーグステーキ、白飯。学理にかなった夕食である。

ビタミン、ミネラル、アミノ酸、炭水化物も絶対必要だが、体内で闘争のホルモンのアドレナリンやテストステロンの分泌も必須だ。

亜鉛の錠剤もマルチビタミン＆ミネラルのサプリメントの後に摂り、心臓を強くしておくＬ《エル》カルニチンも口の中に放り込む。

そのほかに神が摂ったのは、アルファリポ酸、ＤＨＡ・ＥＰＡ・ＤＰＡ、ギンコビローバ、ＤＨＥＡ、ナットウキナーゼ、ビタミンＤ、ビタミンＢコンプレックス、ミヤリサン、等々のサプリメントである。

アメリカではワンマンアーミーにならなければならない。

相手が白かろうと黒かろうと全く関係ない。

強姦を繰り返して十九歳女性の精神を潰し、自殺にまで追いやった犯罪人を処罰に行くのである。

日本の法？　彼の地の法？

それらが被害者を髪の毛一本ほどの量も救ったか。犯罪の既遂者をその罪科を知らしめて受けるべき裁きを科したのか。

否である。

何も変わっていない。

心を壊された娘の自死があるだけだ。

その父親は、変わらない現状の変革を希《のぞ》んだ。

神はエージェントである。

しかし、その悲惨な事実を知った者として、自分の心の救済も希求した。

報復と呼称されるか、不毛復讐と知った口をきかれようが、かわいそうな娘の無念を晴らす行い。

仇《あだ》を討つことで気の毒にも自死に至ったその魂も救われよう。

小賢しい世俗の知恵や、さとしは不要。

今晩から、気を鋭くし、身体を養生してから鍛錬し、「うらみばらし」の代理人として使命達成のためには余計なことは考えぬ。一人で正しいことを行う雄々しい一匹の犬になる。

次の日も休みだったが、神は仕事でいずれやらねばならぬ「対象組織や個人」の所在確認や棲息状況を調査し、報告書をまとめられるだけの量を摑んだ。

これで自分が有休を取っても、チームが基礎調査や対象情報に困ることはない。

五日間の有給で神が不在でも外事捜査には支障を来たさないだろう。

神は翌日出勤し、公安幹部の課長代理警部を退庁後に夕《ゆう》メシに誘った。

珍しい、と公安幹部の警部はそれを受け、神とタクシーで六本木一丁目へ向かった。

警備課の中に公安という存在があるが、実は警備係員よりも公安捜査員の数の方が多い。

〝公安代理〟は警備課長代理となっているが、公安課の課長というのが実質である。

ベラルーシ料理店「ミンスク」。

白い肌の六人の女性のみが稼動している。

三人はフロア、もう三人は料理場だった。

広めの店内は、テーブル間の距離が充分に取ってあり、ヒソヒソ話に適しているように思えた。

「言ってみればロシア料理じゃないか」と公安代理の警部。

「そうですね。ルーシ料理ですからボルシチが美味いです」

「そ、そんなことじゃない。ここはロシア大使館の直近だろう」

と白髪の代理がマユと肩をひそめた。

「来ますよ。大使館のＦＳＢ（ロシア連邦保安庁）もＳＶＲ（ロシア対外情報庁）も」

「ど、どうしてここなんだ」

「うまいボルシチにガルショークズグルバーミ目当てです」

「わからん。我々の対象の連中が出入りする店なんじゃないのか」

「帝国ホテルやオークラにもみな自由に出入りします。ここは彼らが本体を現すメシ屋ですから、安全は彼らの技術で確保されているんです」

「爆弾は仕掛けられていない、と言うんだな。ＩＳやタリバンの信奉者はここでは無力化される、と」

「そのとおりです。我々の存在は対象もすでに知っています。ボルシチを六本木のレストランで食ったぐらいでエスピオナージ世界で何かが変わるということはないでしょう」

「君の言うとおりだが。しかし度胸があるな。私一人ではこんなところに来ることはできんよ」

「我々はモスクワには行けませんが、せめてミンスクで食いましょう」

「ま、全く凄いこっちゃ。ベラルーシでメシか。痛快だ」

ベラルーシ料理は、とび切りうまかった。

クワースというドリンクは、ちょっと発酵したかと思うような、いかにも体に良さそうな飲み口。アルコールではないが、気分が浮くような味がする。

ガルショークズグルバーミは「壺焼きキノコ」として通っているが、ベラルーシの壺焼きキノコは、具が蕎麦の実だ。

それも、クリームソースの中に、ギッシリと詰まっている。

これをしょっ中食べていると、近年長寿県として頭角を現した長野県のお年寄りの健康の因《もと》と言われているソバの効果に通ずる、とは東欧好きの医師の言葉だ。

ソバと言うと、即座に「ルチン」と応える人が多い。

そして、「ルチンは健康に良いんだよな」程度で終わる。

このルチンという栄養素は、ビタミンP、ヘスペリジンとも呼ばれ、体をサビつかせない抗酸化力がある。血管を強化してくれて、血中のコレステロール値を下げる。

ビタミンCとつるんでコラーゲンの生成を助けるから美肌になる一方、蕎麦の胚芽には食物繊維が多くミネラルも豊富。

となれば、脳卒中の予防が考えられるが、当然のように高血圧対策もできる。

主成分はデンプンだが、白米と同等の蛋白質があり、正気を保つ脳内神経伝達物質セロトニン生成の素になるアミノ酸トリプトファンや必須アミノ酸リジン、ビタミンB_1、B_2も多い。イライラしがちな人が、一定期間昼食に蕎麦を食べるようにという医師の指示に従ってやっていたら、いつしか体感できるほどイライラがおさまった、という例はたくさんある。

これは主としてビタミンB_1の効果と見るムキが多い。

待ちに待ったボルシチが来た。濃い紅。

この赤い色はビートという野菜の色であるが、和語では火焔菜《かえんさい》。英語では血蕪（blood turnip）と呼ばれるもカブではない。

ビタミンCや鉄分豊富。これだけでも合格だが、食物繊維や造血に役立つ葉酸を含む。かじってみるとニンジンより甘い。

ボルシチはロシア料理、とみな思っている。

スラヴ人に言わせると、いやロシア料理じゃない、ウクライナ料理だと言う。ウクライナ語でボールシュチュと言って、伝統料理。

しかしロシアもポーランドも、いやウチの国の料理だと言い張る。

それほど難しい料理でもないから、その気になればキャベツ、トマト、ニンジン、タマネギ、そしてテーブルビートと牛肉を炒めてスープ煮込みをするだけで作れる。

特色として最終段階でサワークリームを入れる。

もともとはボルシテヴィクという植物でスープを作ったのだが、後年、テーブルビートになったとも言われる、とちょっと物知り風の人が言う。

ところが、ボルシテヴィクという植物は人の体には毒で、そんなもの食べるわけがない。

一九世紀あたりではボルシテヴィクを使っていた、と言っていた日本人ジャーナリストがいるが、そんなことを書かれたらウクライナ人が怒るだろう。ブリシチーという赤いスープがボルシチになったとされるのも納得できる。

ブリヤークという赤い野菜が使われたからとなるのだが、ブリヤークはテーブルビートだ。

このへんで、ボルシチを食った方がいい、と二人は笑った。

公安代理の警部は、神をヤバイやつかもしれんと思っていた。必死で昇任試験の勉強をして警部まで来た俺だ。

階級で追いつかれることはない。しかし、こいつは公安捜査で俺を凌《しの》いでいる。

旧時代の特別高等警察《とっこう》をバカにし、ＣＩＡやモサドの技術を研究・実践したりしてやがる。

ＳＩＳ《エムアイシックス》（イギリス秘密情報部。旧ＭＩ６《エムアイシックス》。情報世界における呼称は変わらず）と何で一緒にメシが食えるんだろう。

イギリス情報機関とは、やつが英国にいた頃に知りあったのか。ＣＩＡでもモサドでもＭＩ

6でも、階級が警視になるか、国家一種試験を通ってキャリアになった警察庁警備局の外事情報部あたりしか会えん。

こいつは自分のルートで彼らに会っている。

シメるのは、この俺の役目だが下手に行動制限して本庁《ほんぶ》から注意が来てもまずい。

本庁からの注意は譴責《けんせき》と変わらない。警視になるのが遅れるおそれもある。

ここは勝負どころだな。

こいつは核兵器と変わらない。持っているだけで霞ヶ関の連中にプレッシャーをかけられる。

自民党にこいつはコネがあるだろうか。

もしかして閣僚級の議員の親族だったりするとコワイな。

訊いても言わんだろうヤツは。

探っても誰にやらせるかで、危ない賭けだ。

身辺を探られたら公安はピンと来る。

能力的に逆探知もできる技を身につけているから、巧妙に報復されたらたまらん。

調査やリベンジに階級など通用せんからな。

この野郎の厄介なところは、刑事警察で捜査経験を持っているところだ。

刑事組対課長の新垣は、こいつを可愛がってたらしい。

交番で制服やってたのが㊝や強行犯のデカなんかやるのか。ルール違反ではないが、例が少なすぎる。

そんな奴が公安に来た。何か全くわからんがこいつはヤバイ感じがある。抑えつけたらまずいだろうし、ほっといてナメられるのも困る。

そうだ、こいつみてえなケンカ犬にゃ気の強《つえ》え赤山《あかやま》チョウを付けとくか。一係は氏田《うじた》警部補《キャップ》だから、奴を置いておいてもいいだろう。

氏田は本庁でも古株で、腕も確かだ。赤山と氏田でこいつを抑えられる。こいつはキャリアとよく遊んでると情報《ネタ》にあった。引退した警察庁長官二人と親しいとあったが、そんな奴いるのか。

情報が正しければ、オレの目の前でボルシチを食っているのは、怪物、いや魔物だ。

ニヤリと神が笑った。

「おかわりっスよ。美味《うま》いボルシチだ」

ロシア語でしゃべっていたウェイトレスに、低いロシア語で「すみません」と呼ぶ。

あまりの自然さにウェイトレスもすぐにやって来て、ついついロシア語で「ボルシチのおかわりですか。有り難うございます」なんてやっている。

公安代理の警部は居心地が悪くなった。顔には出さぬが、機嫌が悪くなっている。

こいつ、ここの常連だな。ウェイトレスが全く日本語で接してない。

オレも公安だ。嗅覚がある。上司をこの店に連れてくるとは恐ろしい野郎だ。

ここはロシア大使館の直近で店のスタッフは全員がロシア語をしゃべっている。ベラルーシ語かもしれんが、オレにはわからん。

こいつはこの店に来てメシを食うのが怖くないんだろうか。テーブルの間隔は空いていて、ヒソヒソ話にゃもって来いだが、さてテーブルの下やイスにゃ盗聴器《バグ》はないだろうか。ロシア人《ろすけ》がたくさん出入りするからあるいは、と思うが。

チッ、わけがわからん。この野郎、おごる、とは言っていたがうまそうに二杯目のボルシチを食ってやがる。不気味な奴だ。

銀座一丁目交番の班長だった、と。こんな奴があんな盛り場の交番で制服やってたって訳だ。サツ官にゃ二十代後半になったっていうがわけのわからんタマだ。新富町とか湊町なら、人物的にゃ御しやすいかもしれんが、通訳で重宝されるから銀一だった、つーだけじゃねえのかも。

そう言えば、今の署長もヤバイ。本庁の人事二課長からこっちへやって来た、つーと異動のプロだ。この野郎も転用だけじゃなくて、本庁勤務《ほんぶすいあげ》になりそうだな——。

公安代理の読みは当たっていた。署長と刑事課長が、使い勝手がいいと肩入れしている捜査員には気をつけないとまずいのだ。

この組織はパワーバランスをしっかり見極めないと出世が停まったり、冷やメシのポストに飛ばされる。

公安代理の警部は、飲むことにした。

ウォッカだ。

仕方がない。

ここは異国の飛地だ。

目の前にいるのは得体の知れん怪物だ。飲むしかない。

神は、クワースをおかわりし、ピロシキやペリメニなどを食っていた。

「刑事組対課《そうさ》じゃ笹原キャップに付いたんだってな」

「そうス」

「あの人は凄い。捜査一課で長く使われてたが、実力はかなう奴がいなかったと聞いてるよ」

「でしょうね。笹原キャップの度胸は組織犯罪対策《そたい》四課でもハナシに出る位スから」

「ヤクザもんは笹原キャップを恐れてるよな。けどおめえも嫌がられてんじゃねえか」

「暴力団員《マルビー》に嫌われるなんざ本望ですよ。好かれてたら怪しい」

「全くだ。愛知あたりじゃ上級の位のを二千万食らわして馴らした、なんて噂をⒷどもが言ってやがるしな」

「どっちだってかまやしねえスが。悪さすりゃあ捕《と》る。恨みもつらみもねえが、こっちゃ給料分働きますよ」

「おめえみてえな考え方するのが近頃じゃ珍しくなった。単身待機寮《りょう》じゃやりにくかったろうよ」

「寮なんか先輩だ後輩だつーても、角突き合いになりゃ、屋上で結局殴り合いだし。そうなりゃ素手喧嘩《ステゴロ》の強い方の意見が通る。そのシーンじゃ階級も通用しねえし、スッキリしたもんですよ」

「負け知らずの口ぶりだな」

「あんなもんに負けてちゃバカを増長させるだけスよ。この組織の末端がステゴロで勝負つけるなんて、情ねえ話スが」

そして、デザートに移って行った。

神は公安代理に有給休暇を口頭で申請する。異論を唱える材料もなかったからアッサリと認められた。

第6章　アルメニア・シンジケート

神の姿は成田空港にあった。

シアトル直行便でＬＣＣだが、余分に金を払うと少し体が楽な席が手に入る。

もっと金を出せば、ビジネスクラスと同等のフルフラットシートが手に入るが、それじゃローコストキャリア《ＬＣＣ》を使う意味がない。

安くて、なおかつ目的地に運んでくれるだけでいいのだ。

サービスは、飲み物でも食い物でも、オプションで金を払うしかない。

旅なれたバックパッカー出身の神は、ＬＣＣに乗ることに変な満足感を覚えていた。

バックパッカーは、旅人として常にローコストを追求する人種だ。それができなければカネを使ってノーマルフライトのビジネスクラスなどを買う。アテンダントの笑顔も違うし、サービスは天地の差だ。

だが、そんな贅沢をする旅ではない。神は、日本人娘を二人で強姦して精神を潰し、自殺に追いやった二匹の男を踏みつぶしに行くのだ。人種も地位も全く気にならない。何が良いことなのか、何がなされなければならないのか。

これだけが「法」だった。

自然法の「殺すな」「盗むな」「犯すな」に近い。

わが国日本でも、司法にたずさわる者が、悪事を働いた者を在宅で書類送検にしたり、身柄を捕縛して手錠をかけて連行するほどの内容かと思う事案で強制力を使う。

サジ加減とも言えぬ。そこにはサジ加減以上の司法にたずさわる者の思惑があり、そこには平等が法の下《もと》なのに行われない場合も見られる。

こんなこと、神は冷ややかに見ながら、呆れて斟酌《しんしゃく》もしない。

斟酌するだけ心のエナジーを使う。歪んだ法の執行をする者は、神のごとき心正しき者が雷《いかずち》を持って成敗の意思を決めた時、逃がれられはしない。

それを彼らはうすうす感づいていて、勝手を連続してはやらない。だが雷を食らう時は食らうのだ。神《じん》は、心正しい賢人の足跡をたどる。

裁きの女神が、たとえ盲目である場合でも、神《じん》はまどうことなく「何が正しいことなのか」を追い求めた。

シアトルに着いた。

街は、晴れているが、緯度は高く、サンフランシスコよりも北に位置していたから、肌に感じる温度は「chilly《チリィ》（肌寒い）」だった。

気持ちが引き締まる。

この街にはアルメニア人の闇組織の本拠《ヘッドクオーター》が人知れず存在していた。

原宿や代官山で、何十万円もする古着が売られているが、アメリカから出る古着は、すべてアルメニア人組織が押さえていた。

東京に古着の三店舗を持つ久慈井《くじい》が、神がたずねて来た時に自分の二枚の名刺の裏に読みにくい筆法で名前を書いた。

「これをペトロシャンとサローヤンに会って渡してくれ。自分が名乗る必要はない。こいつらの上にはペックがいるが、今、フランスだ。この二人が事を運ぶ」

「ありがとう」

「なんの。オレは只の古着屋だ。だが日本人だからな。ホームステイだか何だか知らんが、ホストファミリーが日本娘を犯したら殺しもんさ。コリアンの娘を犯《や》ったら拳銃持って地元のコリアンが撃ち殺しに来る。日本人はカタキ討ちに殺しに来ねえと踏んでるから犯りやがる。で、命奪《と》らねえのか」

「奪らない」

「何でだ。お前が警官だからか」

「お父さんと話しあって殺《や》らないと決めた」

「ヘッ。オレでもその依頼なら殺るぜ。お優しいこった。まあ、好きにしな。アルメニアンは根性がキツいからな。自分のとこの女が犯られたなんて言ったら首と胴を斬り離すぜ」

このコネクションで、神は生殺与奪の権が手の中にあることを感じた。寝ざめが悪いが、殺しちまうか。

ともかく、あのOBとの約束は罰を下《くだ》すとなっている。

奪命した場合の犯罪人の妻や両親を思っての結論だった。

弱いのか。

オレたち日本人は、報復の意思や怒りが、他民族より不足しているのか。

この街でアルメニア人闇組織のペトロシャンとサローヤンに久慈井のシグネチャーのある名刺を渡せば、こちらは名乗る必要もなく、ホストファミリーの二匹のレイピストどもを奪命してくれる。

こちらはカリフォルニアを北から南へ移動して、結果を見届けるだけでよいのだ。

二匹を奪命して寝ざめが悪い、などと言うのは、よく考えたら「エゴ」だろう。

自死、それも強姦されて心を病む酷い道筋をたどった末の自死だ。

二匹とも奪命に価《あたい》するだろう。価とは一対一でつり合うから、当合《あたあい》となるのだ。

死ならば死がつり合わないか。ユダヤの法ならば目には目を、歯には歯を、だ。殺したなら、殺してしまうのがつり合う方法だ。

だがどうだろう。自死に追い込むのは殺しか。結果と原因を吟味したら「殺し」ということになる。

ならば、白人の親と息子を殺さねば「正しいこと」が全うされなくはないか。

神は自問した。

お前、心が弱いんじゃないのか。優しい、は時には弱いということを言われる。だが、粗略でない心の持主ということも言えるだろう。

シアトルの肌寒い空気の中、コーヒーショップに入る。

温かいミルク入りのコーヒーしか飲まない神は、赤い髪の女子店員に熱々のコーヒーを手渡されて表に出た。

一メートルほど歩いて、慎重にコーヒー容器を口に運ぶ。

小寒い風が吹き抜けて行った。

少しずつ流し込む熱いコーヒーが、日本にいる時の味と異なる感じがした。

背後でガシャンという音がした。

荒々しい英語が聞こえ、神がうしろを振りかえると、コーヒー店に強盗が押し入っていた。

店の中に拳銃を持ったのが一人、外の車の中に仲間が一人乗って待っているのが見てとれた。

どっちからやるか。

怖くはなかったが、厄介だとは思った。笹原なら店の中に入って行ってやってしまう。

神もスッと店に入った。

先ほどの赤い髪の女に、ウールの編み込んだピッタリした帽子とサングラスの白人男が銃を向けている。

客は畏怖して動かない。

動いたら撃たれる。

店の外に出ようと席でも立とうものなら銃弾を体に撃ち込まれる。

神は、レジの金を要求している白人男の背後へ摺《す》り足気味に接近するや、左手で男の首をからめ、右手で銃ごと摑み取り、一秒が終わらぬうちに、うしろへ引き倒した。

バン！と拳銃が発射されるが想定内。

天井を撃っただけで神の大東流合気柔術の技で床に後頭部を打ちつけ、男は失神した。

店の外で急速に車が発進する音が聞こえる。

客の通報でポリスが来たが、神が身分証明を出して英語でリポートすると制服のオフィサーたちは即座に納得し、「じゃああとでステーションに来て下さい」になる。

一番感謝したのは赤い髪の女だった。

命を救っただけではない。レジの金も奪《と》られず、客にも何のマイナスも起こらなかった。

オーナーも喜ぶに違いない。

天井の銃弾は証拠物として鑑識《フォレンジック》が持って行くが、痕跡の穴は残る。

オーナーのキャラクターによっては、これをなおさずに客寄せのネタにするかもしれない。

何よりも銃を向けられていた自分の命が助かった。

日本人って何てすごいの。

この人、見たら結構悪くない。

「夕飯をおごるわ」

赤い髪が言った。

神に異論はない。

あとで警察署に行く用事もあるが、少しクリスティーナ・アギレラに似たコからの誘いだ。

断る手はなかった。

赤い髪のクリスティーナ・アギレラと共にシアトル警察の分署に行き、日本と比べたらごくごく簡単なリポートで済んでしまった。

赤髪店員もリポートをしたが、完全被害者なので質問も少なかった。

一時間後、二人はシアトルのダウンタウンにあるカフェテリア「フィオレンティーナ」に居た。好きな食べ物をトレイに入れ、レジで精算する方式のレストランである。

LAの出身で地元のカレッジに通う赤髪娘の経済力では、このカフェテリアがスータブル《つりあっている》。

神もカフェテリア方式が好きだ。欲しい物をどんどんトレイに載せて、好きなだけ食べられる。

ブッフェと呼ばれるバイキング方式よりこっちの方が良かった。

二人は食べ、そしてお互いの身の上を知らせあった。

赤髪のクリスティーナ・アギレラは、シルヴィアという名で中流家庭の一人娘だった。

神の仕事がポリスインテリジェンスオフィサーだと知ると、驚きはしたが嫌悪の表情はなかった。

カフェテリアを出て、二人は酒となるべく酒場へ。

ブリティッシュスタイルのパブが近くにあった。

シルヴィアはモヒートを飲み、神はバドワイザーをビンで飲む。

赤髪娘はモヒートのおかわりをし、神もバドを二本あけた。

神は考えていた。

このままだと、このコの借りている部屋に行って、当然の成り行きになるな。

ビールを飲みつづけると男性ホルモンのテストステロンが一気に減る。

男女の交接に際して、相手に喜悦の時間を沢山与えてやらなければならん。

モヒートをあおっているシルヴィアは、もう自分の感覚が、すべて神一太郎へ向かっていることを確かにしていた。

もうこの日本の男に抱かれたい。

アメリカの男なんか、強盗が私に銃を向けているのに何もしなかった。

命の危険があるから仕方がないけど、この日本男、凄い。

この男のものにならなかったら後悔する。

絶対抱かれる。

口に出していた。

「抱かれたいの」

日本男、神一太郎は言葉を出さずうなずいた。

二人は、赤髪娘のアパートに居た。

服を脱ぎ、ベッドで、誰もがするように愛と性の営みにかかっている。

人種の違いもなく、男と女だった。

愛があったのだろう。

神は赤髪娘を喜びの海へ導き、赤髪娘を快楽の極限へ連れて行った。

赤髪娘が神へコーヒーを渡した瞬間に、互いに好感を持った二人は、命のリスクを共に感じ合い、それを乗り越えての二人となった。

結ばれる、という平坦な表現もいいが、生命の危険を前提事象にした二人には強い絆ができ上っていたのだろう。感謝と慈しみが一体となって愛欲に浸る。

男と女であることを互いに確認しあう行為。

赤髪娘と神一太郎は、生命《いのち》を燃やして互いに尽くした。

夜になって果てた。

神は、アルメニア人たちに会わなければならない大事な時間を控えていた。

赤髪娘の車でシアトルのはずれに送ってもらい、名残り惜しい接吻《キス》をして別れる。

アルメニア人組織は、米国麻薬取締局《DEA》のセキュリティそっくりの構造に作ってあった。

マシンガンを持って襲撃して来ても、すぐにはやられない建物の内装で、この組織に敵対する存在が居ることが見て取れた。

久慈井の名刺を、受付のようなヒゲの濃い男に渡す。ドアの中に入って行ったヒゲ男は、一分ほどして戻って来た。

手招きしている。

ドアの内側に入った。

広い。

奥に、応接セットと大きなデスクが見え、人は誰もいない。

案内して来たヒゲ男が、「ソファに座って待て」と言った。

言われたとおりにすると、数秒して往年の二枚目俳優グレゴリー・ペックに口ヒゲ、ホホヒゲ、アゴヒゲと顔中全部ヒゲで覆われた五十男が姿を現した。

上下ネイビーブルーのスーツにノーネクタイ、白いシャツという、シンプルだが、かすかに威を感じさせる押し出し。

神も立って迎え、握手をする。

「ペトロシャン」と名乗って胸に手を当てる。

神は名乗ろうかと口を開くと、手で制して来た。

「必要ない。久慈井の紹介なら問題もない。サローヤンにも名刺は渡った。彼も同意している。何でもしよう」

神は迷った。

ロス市警の管轄《ジュリスディクション》に、目標の二匹は住んでいる。

ここはシアトルだから、相当な距離があり、サンフランシスコを通ってロサンゼルスに行かねばならない。

「案件はロサンゼルスなんだが」

「かまわない。アルメニア人はアメリカに八〇万人いる。どんな州でも何でもできる」

「迷うな。実は……」

と来米した理由を簡略に述べた。

「そうか。君は刑事か。我々はシンジケートとも呼ばれている。シシリーのそれとは違うが、同胞のためなら法も無視する。久慈井は、三十年前にアメリカにやって来て、当時のボスに直接面会をした。

古着ビジネスをやるなら我々のシンジケートを通さなければできない仕組になっているんだ。久慈井はボスに気に入られ、日本にアメリカの古着を持って行って売る権利をもらった。以来、久慈井と我々は身内付き合いだ。久慈井がシグネチャー入りの名刺を寄越したなら、久慈井が来たのも同然だ。何でもするよ」

「命を奪《と》るまでは考えていないんだが」

「かまわんよ。手足を折って入院させても」

「それは俺自身ができる。病院に送るのは脳を壊すか、身体機能を欠落させるか……」

「レイプ野郎どもだな。我々がよくやっている仕置ならＬＡの身内が手際よくやるが」

「どんな……」

「まかせてくれればアルメニア方式でやっちまうさ。我々の種族の女がレイプされたら、間違いなく命を奪るがね」

「それは聞いている。今回は命は残して罰を下《くだ》したいんだ」

「少しずつ処罰の絵が見えて来たよ。やっぱりアルメニア方式がいい。手足を折りたいなら、そこまではあんたがやれ。ワルには暴力しか効かないんだ。日本人は温情が好きだが、我々には理解できん。ＬＡの身内に再調査させて、二匹の居所を確認しよう。身内には警官も探偵もいる。今晩はシアトルに泊まれ。低価格だが快適なホテルを用意する」

「ありがとう」

神は市内のモーテルに、ペトロシャンの手下に連れて行かれた。

結構高級だ。

「いくらだろう」と言うと、手下は「ボスが泊めると言っているなら、金はいらないよ」

「そんなわけには行かない」

「日本人はおかしい。得になることに異論を唱えることなど考えられない」

「はるばるアメリカに来るのに、かかる費用ぐらい持って来ると思わないか」

「あんたが何をしに来たか全く知らない。興味もない。アルメニアのシンジケートは軍隊なんだ。命令だけを実行する」

「了解した」と苦笑い。

ホテルは本当に快適だった。

一晩寝たら、明日はロサンゼルスだ。

ＬＡで、二匹の住所と行動確認が今夜行われているのだろう。

警官も探偵も動いているようだ。

アルメニア人は大昔から勇猛で知られている。

強い酒を飲み、羊肉を食う。

ペトロシャンとの会見で六〇度以上の酒を飲まされなかったのは、久慈井から知らせが入っていたのではないか。

神はシャワーを浴びてＴシャツと半ズボンになった。

寝ようと思って、ベッドを見たら赤髪娘のことが浮かんでしまった。

すでに恋しい感情が生まれてしまっている。

相手も同じだろう、と感じられた。

連絡しようか。いや、ＬＡから帰って連絡すると約束した。

今夜は我慢だ。

そう言いきかせた自分が、実は全くそれに従わないのを感じる。

つまり、フィジカルな要素が勝ち過ぎていて、脳はわかっているのだが、眠くもないし、筋肉も元気なのだ。

仕方がない、夜の町へ出るか。服装を肌寒い気候向けに戻す。

シアトルの夜も、アメリカの夜だ。それなりの危険も、お楽しみもある。

深夜やっているＢＡＲに入る。

アメリカ映画によく出てくるタイプの店。

奥にビリヤード台がある。

カウンターは、ほぼ満杯。

ビリヤードは、二台が占拠されていた。一組はヒスパニック、もう一組はプアホワイト風の低所得者層に居そうな三十代白人二人。

ＢＡＲのカウンターで、モスコミュールを頼む。

金を渡して飲み物がほぼ入れかわりに来た。

飲んでみたら強い。

肌寒い気候に適したカジュアルウェアのオンパレードがＢＡＲ店内にあった。

デザインで、大量販売や通信販売のものだとわかる。

アウトドア用品メーカーやスポーツウェアメーカーのものを、男たちは似たりよったりのセンスで身にまとっており、この「大同小異」を逸脱すると、仲間はずれになるのだった。

シアトルはワシントン州で、アメリカ合衆国の西海岸にはあるが北西部に位置しており、比較的治安は良いとされる。

だが殺人は年間二〇〜三〇件起きており、強盗も千件内外の数を数える。

侵入盗は四千件もあるし、強姦は一〇〇件弱。

これで治安が良いのか。

神は日本で見た資料を思い出しながらモスコミュールをすすった。

うまくねえや。

と思った瞬間、ビリヤード《プール》のキュー《棒》を置いたヒスパニックが、二人揃って神を見た。

ただ眺めたのではなく、何か意図を持って視た。

ＢＡＲにアジア人は一人もいない。

来るかな、と思った。

やって来た。

比較的治安が良いとされるシアトルで、いきなりヒスパニックに絡まれる。

神は苦笑した。

「何笑ってやがんだ」

とヒスパニックの坊主刈り。

もう一人も坊主刈りで、首にイレズミ。

「用は何だ」と神。

「てめえがプール《ビリヤード》見つめてやがるから気が散った」

「ゼニ払え」

これはなかなか上手《うま》い。

これはカブキ町でも使えるかな。

「表で払う」

ビクッとしたのが見える。

二人ともオヤッとし、そしてギクッとした。

旅のジャップに強気で出られて、表に出ろと言われている。

ヒスパニックギャングだから、ナメられてはいけないのだった。

しかし、ジャップと思しき野郎は自分から店の外へ出て行っている。

ＧＵＮでも持ってたらヤバイぜ。

なあ兄弟おめえ今日はＧＵＮ持ってるかい？

いや革棍棒《ブラックジャック》だけだ。

オレはメリケンサック《アイアンナックル》しかねえ。

野郎、もしかしたらＣＯＰ《警官》かなあ。一匹でＢＡＲなんかに来るＣＯＰいねえだろ。

ま、こっちは二人だ。ブッちめようぜ。

三人は、ＢＡＲの前で対峙した。

ヒスパニック坊主の坊主頭が、憎々しげな表情で繰り返した。

「ゼニ払え！」

神が、一方の口の端にかすかな笑みを浮かべて言う。

「いくら？」

ヒスパニックの首にタトゥーを入れた方が間髪を入れずに「二〇〇」と言う。

「ＹＥＮしか持ってねえ」

坊主刈りが首タトゥーに、

「ＹＥＮで二〇〇っていくらだ、兄弟？」

タトゥーは困惑しながら、

「し、知らねえ」

神が真面目な表情で「二万ドルぐらいじゃねえか」と言うと、ヒスパニックどもが「に、二万⁉」と半ばパニックした声を出す。

しかし言った途端、ブラックジャックとアイアンナックルを出した。

神は、笑ってそれを見、ただ立っている。

ビュッ！

ブラックジャックが神の頭めがけて振りおろされた。

スッ
神の頭部が、顔ごと十五センチいきなり引っ込む。

あっけにとられる坊主。

これは日本式の修道館護身術で、習えば誰でもできる。

ヒスパニックギャングにこの技術はない。

今度は、アイアンナックルがパンチのコースで神のアゴをとらえて来る。

神、ボクシングのスウェイでうしろへアゴを引いて避《よ》け、同時にタトゥーの股間めがけて足首まで使った深い睾丸蹴り。

「ウッ」

タトゥーが口をあけ、股間を押さえて前のめりに倒れる。

ブラックジャックが横に払われ、また同じコースで戻って来る。

神にはかわされて当たらない。

神が、片側の頬で笑い、「パンチは使えねえのかよ」。

坊主刈りが反応する。

「何ィッ！」

「ブラックジャック持たねえとケンカできねえのか、チンケ野郎」と神があおる。

坊主、逆上してブラックジャックを足元に落とし、殴りかかって来る。右のフック、左のフック。

当たらない。

バコッ！

神のアッパーが、チンに入り、翻筋斗《もんどり》打つ格好でうしろへ倒れ、しりもちをつく坊主。

二人とも、のびた。

店から誰か様子を見に来ると厄介だ。神は、その場を離れた。

このバカどもが拳銃を持っていないのはビリヤードをやっている時に見ていた。

ケリとパンチだけで勝負がついてよかった。

今夜はこれでいい。このまま寝られる。

シアトルからロサンゼルスまで短いフライトだった。

正午のＬＡ空港はカラッとしていて、シアトルより若干温かい。

いつも人が多く、さまざまな人種が忙しく行き交っている。

神は西海岸でＬＡエアポートが一番好きだった。

大きくて、というよりドデカい。雑多な雰囲気で、空港自体利用客に対してどんなこともストレートに提供し、そして遠慮がない。

どこに何があるのかわからなければ訊くしかなかった。

理解できなければ米国に来るな、という厳然たる態度が見える。

イギリスの子たるアメリカ合衆国のカタチだった。

アメリカ人は米国をイギリスとは違う、英語もアメリカンだ、自由でチャンスに溢れた国だという。

神のような日本出身のバックパッカーに言わせれば、ひと握りのアングロサクソンが支配する英国文化の継承者だった。だいたい英語を国語とし、その表現のほとんどを英語からしか生んでいない。

独立戦争で独自の国になったと言い切るならエスペラントみたいな言語でしゃべっていても不思議はなかろう。

ともあれ、神はＬＡエアポートからタクシーに乗った。

ダウンタウンではなく、ウェストウッド地区にあるウィルシャーホテルと告げる。

運転手は落ちつきのない三十代の黒人で、神がどこから来たのか尋ねてくる。

シアトル、と答えても出身国を聞きたがり、日本と答えると、トーキョーへ行ったキョートへ行った、と来る。

気分を害さないよう適当に答えてから目を閉じた。

ウェストウッドに着いた。

ウィルシャーホテルの玄関で車を降りた。

タクシーが行ってしまうと、神は五分歩いて、近くにあるウェストウッドベストウェスタンホテルに入る。

十階建てのフランチャイズのホテルで、どこにでもあるベストウェスタンホテルの様式。豪華でもないが、チープでもない。

アメリカの中級の白人が、手頃で、しかも小さく幸せになるくらいのサービスのホテルである。夫婦で旅しても切りつめた感もなく、ある意味のびのびとこの国を楽しんでいられる。

キャンピングカーとはまた違った余裕がある宿泊レベルだ。

年金生活の高齢者はキャンピングカーだと体力的にきつい。

このホテルだと経済的にもシンドくなく、それでいて贅沢をした気分にもなれるのだった。

神は部屋に入り、ベッドの上に大の字になった。

天井を見つめながら、さて、と考える。

ひと休みする必要はない。

ここからタクシーでダウンタウンへ向かい、サンタモニカ行きのブルーバスに乗る。

ペトロシャンの手下に連絡する前に、自分の持っている情報を確認しておこう。

ＯＢの自殺した娘がホームステイしていた家を見つけ、流し張りにするか、レンタカーを借りて張り込み、二匹と家族の面《メン》をたしかめる。それからどんな行動に移るか、出たとこ勝負だった。

神は、ホテルの部屋で、リバーシブルのウィンドブレーカーと二枚ズボンを穿く。

一枚のズボンは黒っぽいブルーで、その上にやや太めのカーキ色のコットンパンツ。靴は目立たないダークグレイのスニーカー。

ウィンドブレーカーの下は肩パットがデコボコに入ったＴシャツ。サングラスと黒ブチメガネも用意し、リバーシブルのキャップも使う。そして、アジア人特有の形の自然なツケ鼻を顔のまん中にひっ付けた。これで顔認証が少し乱される。

ロス市警やカリフォルニア州警察が監視カメラ映像から追っても時間がかかるオペレーションだ。

顔を変えてしまう技法もあったが、ロサンゼルスは暑い。

どうせ殺さないのだから腕ききのハマサイド《殺人課》もＦＢＩも出て来ることはない。

ホテルを出てから通りでタクシーをひろうまでの間、神はポケットから濃いブラウンの顔ぬりスポンジパフを出して顔と首に塗りたくった。

黒人などには見えないが、ダークブラウンの肌は目撃談が攪乱《かくらん》される。

神はＬＡの多くの者が使うサングラスを顔にはめ込み、ダウンタウンまでタクシーを使う。

ダウンタウンから一ドル三八セントで、サンタモニカまで青い車体のバスが出ている。

昼下りから夕方にかけての車内だが、八分目の乗車率だ。

景色もよく、一番うしろの席は快適だった。

いつの間にか眠ってしまう。

サンタモニカに着くと、少し日がかげり気味だった。

丁度良い時間帯。

海岸に通じる路肩には、サーファーたちの車がズラリと並んでいる。

波を楽しみ終えたサーファーたちが車に戻って、次々と帰りはじめる頃だった。

アホそうなギーク丸出しの白人ボーイが車に乗ろうとしていた。

神は声をかける。


「二〇ドルで、ウチまで運んで欲しいんだが」

「に、二〇ドル？　いったいどこ《おたく》だい」

神は、ターゲットの住所の数ブロック先のアドレスを告げた。

「ＯＫ。近いじゃん」

二〇ドル札を手にしたギークは、浮き浮きだった。

「どこから来たんだい？」

「カザフスタン」

「ホーウ。想像もつかないが、何の仕事だい」

「本国じゃピザを配達してる」

「オレも高校のころはピザハットのバイトしてた」

一〇分程度走って、ギークの車は「目的地」へ着いた。

礼を言ったら、「礼を言うのはこっちさ。二〇ドルまでもらっちゃって。あ、そうだ、また、車が要るんなら電話しな」

携帯電話の番号を寄越した。

ターゲットの家まで四ブロック歩く。

中流白人の居住区だ。

自殺した娘が両親に送ってきたメールには、父親と息子の車二台が庭のつづきのオープンガレージにあるという。

行ってみた。

オープンガレージには車が一台しかない。

家を流し張りで見た。

セキュリティが低い。

白人ばかりの地域で、盛り場からやや距離があり、セキュリティに金をかける必要がないと見ていた時、父親と思しき四十がらみの男が運転する車が入ってきて停まった。

付近を歩き回ると、二ブロックはなれたところに、カウンターのイートインと宅配ピザの店がある。

うまい具合に少し行った角に公衆電話。

アメリカらしい風景だが、これらをみな活用することにした。

よし、サクサクと行くぞ。

ピザの店は当然、従業員のための通用口がある。イートインの裏口は防犯カメラが見ていたが、宅配ピザの従業員出入口にはない。

神はそこへ、スルリと入って行く。

忙しくしているバイトが複数名いて、出勤して来た風の神は気にも止められない。

着がえのためのルームへ入り、壁にかかっているユニフォームを取って着、ボウシもかぶった。

出入口においてあったピザの空箱を二ツ持ち、入って来た従業員通用口から出てゴム手袋をはめる。スタスタと歩き、公衆電話へ。

ペトロシャンの手下に電話をする。

「ジュガシビリさんか？」

「ああ、あんた誰？」

「ペトロシャンから聞いてると思うが」

「承知した。どうすればいい？」

神はターゲットの住所を告げる。

「十五分で行く」

「了解だ。二匹とも倒しておくから、あとはアルメニアン方式にまかせる」

「わかった。それにしても変わったアサインメントだ」

と言って電話を切った。

つまり十五分しかない。

神は、住宅地で全く怪しまれない宅配ピザ配達員の外装《ナリ》で、ターゲットの家のベルを押す。

十七歳くらいの若い男が出て来た。

「ピザ？　頼んでねえよ」

これがデータにあったガキか。

「お父さんがサプライズで頼んだんじゃないの」

ガキが奥へ声をかける。

「DAD、ピザ取ったの？」

奥から野太い声がする。

「まさか」

神はたたみかける。

「お母さんじゃ」

「MOMは帰ってねえよ」

ガキが言葉を言い終わらぬうちに股間にケリを入れた。

無言で前のめり。

すかさず沖縄剛柔流の裏突きを顔面中央にぶち込む。

鼻が折れて、倒れた床に血が流れる。

かまわずガキを飛び越え、家の奥へダッと入る。

異音を聞いて、大きな体の白人男がやって来るところとハチあわせだ。

危険を察知した白人男がボクシングの構えをとった。

神はジリッと間合いを詰め、日本拳法の直《ちょく》突きを両拳《こぶし》を構えた空き間にドン！　と入れる。

白人男の歯が折れた。

かまわず睾丸蹴り。

どう、と倒れる。

すかさず上に乗り、右腕を抱えるようにして肘を固めてバキッと折る。

「グゥアオ――――ッ」と大声で白人男が叫び、痛みで転がる。

放っておいて、息子のところへ行き、腕を固めると、また、バキッと折った。

痛みで失神が解け、「ウワァオ――――ッ」と叫ぶ。

神は時計を見た。

あと二分で、ペトロシャンの手下が来る。
親切をしとこう、と思った。
固定電話のコードを引きちぎる。二匹のケダモノ、携帯は使えまい。
痛みと格闘して声を上げている。
あと一分。
車が近づいている音がする。
表を見たが、日が暮れているので暗い。
あと三〇秒、ピザ屋のユニフォームとボウシを脱ぐ。
神は、裏口から出た。
入れかわりに、表へ大型のＲＶ車が停まったのを見た。
神は歩き出した。
一〇分後に、ペトロシャンの手下に再び電話を入れる約束だ。
ジュガシビリと言ったな。
アルメニアの名前ではない。
グルジアの名前だ。
となると、アルメニアンシンジケートに雇われているグルジア人か。

ややこしいこっちゃ。

移民の国アメリカ。

さーて、この暗さの中、公衆電話を使ってから海岸に近いバス停までゆっくり歩いて行こう。

電話を入れると先ほどのジュガシビリが出た。

こちらの声を覚えている。

「セントルークスメディカルセンターに運ぶ」

「で？」

「アルメニア方式でやる」

「具体的に聞いてもいいかな」

「聞かない方が良くはないか。男の道具を外科手術で取っちまうんだぜ」

「全部か」

「睾丸《テスティカル》は残すさ」

「てことは」

「最先端医療をとてつもない金額で動員しない限り、もう使えない」

「了解した」

神は、フィルムのコマを巻きもどすようにして、リバーシブルの外装を使い、ホテルの近くまで戻ってきた。

異変はない。

私服のＣＯＰもいなければ、わけのわからない車も停まっていない。念には念と、ホテルに公衆電話からかけ、部屋番号を言う。誰かいて、何かしようとしても、部屋の電話が鳴ったのでは、とまどうから作戦を変えるかもしれない。

受話器を取るなら大胆な連中だった。

携帯は傍受技術を使うと盗聴されるから使わない。

無線もしかり。

部屋にターゲットからかかって来ることはないと踏む。

このレベルだと、ヨーロッパの情報機関並み。

大胆さにおいては旧ＫＧＢあたりとなるか。

でも大丈夫、と自分の勘が言っている。

神は部屋に入った。

浴室もクローゼットも異状なし。時計を見た。

このホテルを引き払ってエアポートへ行こう。空港で一夜を明かしてシアトルへ戻る。

神は、一番早い便でシアトルへ戻ってきた。

午後二時のＴＯＫＹＯ行きを待つ間、空港のレストランで四〇〇グラムのステーキを食った。アメリカで食う最後の牛肉。満腹になって、セキュリティチェックを終えてからペトロシャンへゴム手袋をして礼の電話をかけた。

万万が一、ペトロシャンが捕縛されても、空港からかけた電話はＤＮＡ鑑定も難しく、セキュリティカメラから距離がある。リバーシブルのキャップとジャンパーを活用し、顔認証と体格認証も遅らせる手立てを調整しつつ使った。

ここまでしても追撃してくるなら天晴れ、笑ってつかまってやろうじゃないか、という気だった。

何事もなく飛行機は成田へ着く。

翌日一日、しっかりと休養を取って、神は所属に出勤した。

早速、公安一係長が有休はどうだったかと、ルーティンの質問をする。

「ま、体は休まりましたよ」

「そうか。重要な戦力が戻ってよかった。実は明日、不法滞在のフィリピン人グループに強制《ウチ》捜査《コミ》をかける事案が発生してるんだ。六人もいるんだぜ。そのうち二人は本国でボクサーだったらしい。お前の有休が終わっててよかった」

公安代理の警部も、晴れやかな顔で係の部屋に来た。

「休めたかい」

「おかげさまで」

その午後、神に沙汰があった。本庁の公安外事二課吸い上げ《臨時所属稼動》だ。

外事二課なら、北朝鮮か中国の事案に違いなかった。

公安代理が言った。

「フィリピンのグループの事件《ヤマ》は頼むよ。外事二課《そとに》吸い上げまで五日間ある。明日、強制捜査《ウチコミ》やって明後日送検、そしたら次の日から三日取調《しら》べて全容解明だ。三日も捜査官が絞りゃあフィリピンの犯罪者《バカ》なんざチョロイ。フィリピンの女はいいがオトコはどうにもいけすかねえ」

神は苦笑しながら言った。

「刑事組対課《そうさ》に行ってきますよ」

「ああ、ゆっくりしてきな。おめえの実家だろ」

皮肉も少々こもっていたが、神が暴力犯と強行犯で実績上げたのは知られている。

刑事組対課には、課長の新垣も強行犯一係長の笹原もいた。

神が姿を見せると二人とも喜びを隠さない。

「おー、来たなオールマイティ」

「アメリカほっついて来たようだな」

おべっか使いで有名な主任《じゅんさぶちょう》が三人分の茶を入れて来る。

課長席の真うしろにあるソファセットで三人は腰を下ろした。ヒソヒソ話の態勢を取る。

「フィリピンのグループが不法滞在と在留資格外活動ってことらしいな」と新垣。

「外事の事件《ヤマ》になりますけどシャブ食ってるのもいるだろうから荒事にゃなりますね」

笹原が言った。

「外二《そとに》に吸い上げられてるそうじゃねえか」

「へぇ、そうなんです。いきなりだから半島事件《はんとうやま》かと」

「はずれてねえだろう。身柄拘束《ガラトリ》はねえと思うが」

新垣が陽気に言った。

「とにかくよ、神も公安に行ったたし、この組織で知らねえことはねえってことだ。目出てえから カラッ茶で祝いだ」

と茶を口に持って行く。

「いくらも経たねえのに外二《そとに》に吸い上げたあ、人材不足なのか。それとも神が目ェつけられはじめてんのかな」と笹原。

「どっちもだろうぜ。だがオレらもあきらめてねえ。オレが異動になったらおめえらを引く」

「忘れちゃいませんよ」

「了解ス」

神は翌日早朝、深川の不法占拠物件に六人で住むフィリピン男たちのアジトに、八名の捜査員で急襲《ウチコミ》をかけた。

電灯もつけない中でドタバタと乱闘がはじまる。

英語で捜索差押令状を示したが、パニクって暴れるのが一人、伝染して五人が騒ぎはじめ、遂に捜査員たちと乱闘状態になった。

やたらパンチの正確な二人に、神以外の捜査員がブチ倒される。

神が代わりに相手になり、一人をショートフックで沈め、もう一人には日本拳法のカギ打ちをコメカミに食らわせて倒した。

在留資格外活動、オーバーステイ、公務執行妨害で六人全員が手錠をうたれ、逮捕になった。

外二に吸い上げられる前の置きみやげだ。

これで公安代理の警部も警視になる時にはずみが付く。

署長も異動の際、実績が光って方面本部長になった時、手柄話になる。

第7章　イスラム国

神《じん》、笹原、新垣の姿は日本橋にあった。

ウナギの銘店「小田岩《おだいわ》」の座敷だ。

「しばらく吸い上げで原隊にゃ帰れねえからな。精をつけてってくれ」と新垣。

笹原が続けた。

「半島事件《はんとうやま》は荒いぜ。特に足技《チルギ》食らうなよ」

「了解です」と神。

三人は、新潟の酒「八海山」で盃を挙げた。

盃を干した直後、新垣が神を見て言った。

「神よ」

「何スか、課長」

「オイラも遠からず異動だぜ」

「どこへ？」

「組織犯罪対策第四課《そたいよんか》さ」

「ホウ。てことは上級警視じゃねえスか」

「一方面《いちほうめん》で警視の課長務めたからな。どうやら中枢に呼ばれた」

「理事官、て呼ばないかんのですね」

そこへ笹原が口をはさむ。

「好きなように呼ぶさ。おめえ、初任科の教官がいくら出世したって、会やあ教官て呼ぶだろ」

「ちげえねえス」

「実ァ、俺もよ。異動《うつ》ることにしたよ」

「係長《キャップ》も？」

「ああ。俺ァ人事第二課《じんに》に同期がいる。そろそろ、そいつと酒だ」

「どこへ行こうってんです？」

「ま、ずーっと強行犯で来た。しばらくそれで行くぜ」

「捜査第一課《いっか》とか？」

「おめえが九ヶ月いた特別捜査本部《ほんぶ》の一課だァな」

「楽しようってんですね」

「あたりきよ。さ、課長、そろそろ神におせーてやっちゃあ……」

「そうだな。神。オレと笹ちゃんでえれえヤマ計画したんだよ」

「はァ……？」

「ネタは内閣からだ。首相直属の情報機関てのが、内閣情報調査室《ないちょう》と大して変わらねえのは知ってるな」

「自衛隊と警察と公安調査庁《こうちょう》の混合組織ってことスよね」

「そうだ。そしてな、どうにも困っちまうことは組織内容も運用手順もみぃーんなコンピューターで管理だ。これやっちまうのは今時の組織だから避けられねえ」

ここで、笹原。

「で、以前にハッキングされて外事の機密ネタがさらされた一件が気になるのさ」

「なーるほど。あの一件は捜査員の人事状況も出ましたね」

「そうなんだ」と新垣。

「いくらブロックしたところで、コンピューター管理してる以上、次々と対策は破られる。内閣も困っちまってな。外事と刑事捜査の両方経験者を適任者名簿で当たってたわけだ」

「新垣課長も出だしは外事一課だったたし」と笹原。

新垣が続ける。

「笹ちゃんもおめえも公安外事の経験者だ」

「で……三名が内閣の目にとまったとでも」

「まさかと言いてえツラつきだが」と笹原。

「その、まさかさ」

「エエッ」

「アハハハ」

新垣が大口あけて笑う。

「こんなことも起こるさ。なんせ人材のいねえ当代警察だぜ。キャリアは受験技術には卓抜だが、犯罪現場や情報工作の現場向きじゃねえ。一般ＰＭも公安外事の人口は少ねえし、ましてや刑事捜査の経験もある奴となりゃもっともっと数が減る」

「所属が同じところで捜査やってた人間に絞ったらスグに出るもんな」と笹原。

神がうなずいて言った。

「どっかへオレたちが仕事に行くってんですね」

笹原がニヤリ。

「そのとおり。ニッポン人のレスキューでな」

「に、日本人のレスキュー?!」

新垣が問いに答えた。

「簡単至極な事件《ヤマ》だ。専用機で行って一人連れて専用機で帰る」

「だがな」と笹原。

「ちっと間違えりゃ、三人ともオダブツだァな」

「行く先ゃシリアだ」と新垣。

「ホウ。イスラム国《ダーイッシュ》相手ってことスね」

「ああ。野郎らが首都っつーてたラッカの郊外だ。日本人一人《ひとり》が拘束された。閣僚の息子なんだな、これが。身代金一〇億ドルだが、シリアで拘束されたんじゃねえ。トルコの東端エルズルムで拉致られて、二重底のトラックで国境越え、そのままラッカに運ばれた」

「CIA情報《エーネタ》ですか?」

「いやMI6（SIS）からだ」

「有志連合《CF》スね」

「そうだ。アメリカの国防長官主導でCFがイラクのモスルを奪いかえして、次にラッカだ。ラッカはクルドのペシュメルガが先頭で無力化させたが、郊外にゃまだダーイッシュの幹部部隊がいる。で、日本人はここにいる」

「タブカあたりスか？」

「そう。近い。タブカから二〇キロのインバージュ村に監禁という情報だ」


公安部外事第二課。

神一太郎は、午前一〇時に北朝鮮担当の本庁主任《ほんぶ》・馬藤《まとう》警部補という四十男と共に、管理官・長森《ながもり》警視のデスク前に居た。

長森がデスクに着いて座ったままで言う。

「秋田の能代から入って来た密入国のNK工作員一名だ」

神と馬藤が黙って長森の目をシッカリ視る。

「で、足立のパチンコ屋の従業員になった。店に訊いたら、野郎は今日休みを取ってる。東新井PSの公安捜査員《ハム》二名で野郎のゲタバキマンションの部屋張《ヤサ》ってるが、昼メシはヤサで食うだろう。さっき、野郎が外へ出て東新井駅前のバーガー屋で朝食セットを食った。帰りにハワイアンフードの店でロコモコ丼のテイクアウトを買ったからな」と長森。

「東新井PSの二名からは五分前に異状なしが入ってますが、野郎はヤサでラジオでしょうか？」警部補《しゅにん》の馬藤は、実はわかり切ったことを警視の長森《かんりかん》に言った。

他所属から神が応援に来ているので、本庁の自分たちの有能ぶりを消極的にアピールしているのだ。

　長森も、馬藤につき合って言った。

「そうだな。野郎は部屋《ヤサ》に短波放送《たんぱ》が入るラジオを持ってる。昼メシを買ったってことは、正午をはさんで午前一回、午後一回にラジオを聴かないかんのだろう」

「そうですね。本国から指令が短波で流れますからね」

　チッ、こいつら俺に聞かせるために公安外事世界じゃ常識になってる日常業務のやり取りをわざわざ会話に仕立ててるぜ、と神は内心で笑った。

　長森が馬藤の言にうなずいてから言った。

「十一時半と十三時半に一連の数字のあとに流れるのがＮＫ対外情報部の指令だ。我々も当然傍受はしてるとヤッコさんたちは踏んでる。ま、アメリカさんも同じ作業はしてるがね」

　神は、こいつらいつまでキャッチボール見せてるんだろうか、と思いつつ長森の指示を待った。

「今日は助っ人来てるからホシ暴れさせなくて済むな、馬藤主任よ」

「外事二課《われわれ》も東新井もキメの細かい捜査ができますよ」と馬藤。

　どうやら神は今回の北朝鮮密入国者、つまり工作員の検挙事案の戦闘要員でもあるようだ。

　まあいい、と神は思った。

格闘技の腕を買われようと、外事捜査のレベルを買われようと面白い仕事に従事できる。

東新井警察署管内にある古びた鉄筋アパートの三階に、北朝鮮工作員の住居《ヤサ》はあった。桜田門から運転担当の巡査部長のワッパ回しで、助手席に三十代見当のジャンパー姿の外事二課員が座り、後部席に馬藤と神が座った。

東新井警察署から車で三分の駐車場で、運転担当を残して神ら三人が降りる。

検挙現場になる鉄筋アパートは直近にあった。

アパートの前で「流し張り」をしているサラリーマン風の公安外事捜査員と三人が接触。

「ホシはヤサです」

馬藤がその報告を受けて、

「あんたの相方は？」

「三階の廊下です」

「よし、じゃあおタクらはホシが窓から逃《と》ばねえように二名で固めてくれ。検挙が完了したら外事二課《ウチ》の車で移送《はこ》ぶ。奪還はねえだろうが念のため後にくっついて来てくれ」

「了解です」

検挙はサクサクと進行した。

三人が部屋に入って行き、助手席に座っていたジャンパーの捜査員が、短波ラジオを前に両耳カバー型イヤホンでシッカリと前傾して聴いていた北朝鮮の密入国者で工作員の背後に回る。

工作員の手には短いエンピツとＡ４用紙に手書きでビッシリと書き込まれた「乱数表」があった。

三人のみと見てとるや工作員は素早く動いた。

ジャンパーの捜査員が肩に手をかけた途端、体をひねり捜査員の股間めがけて強烈な蹴りをかます。

股間を攻撃されて怯《ひる》んだ捜査員が工作員の体から手を放す。

前にいた神に、工作員がエンピツを拳にはさんで目をめがけて突き出した。

神は、とっさに首をひねってかわし、その拳を抑えると同時に工作員の顔面中央へ飛び込むような頭突きをかます。

工作員の鼻が折れ、〇・二秒で体を引いた神の方向へ血がしぶく。

工作員がヒザをついて前にのめり、馬藤がすかさず左右の手首に手錠を打つ。

ここまで、部屋に踏み込んでから一分。

東新井の捜査員が呼んだ応援部隊が来て、短波ラジオから乱数表から、工作員の所有する物品すべてを押収した。

いったん桜田門にホシを連れて引き揚げ、神は管理官の長森に本部応援捜査《すいあげ》を解かれて、お役御免となった。

「使える」と踏まれている神のような存在には本庁も所轄もない。使い捨てと表現する者も多いが、神のような人間にとっては面白くて、悪い立場でもなかった。


数日後、神と新垣、笹原の三人は羽田に居た。

シリアで拘束されている日本人救出作戦遂行のため、政府専用機でまずスイスのチューリッヒへ向かうのだ。

チューリッヒで一泊。

翌朝、シャワーを浴び、野菜、肉、パンをガツガツ食う。

「さあて、ショータイムだな、いよいよ」と笹原。

ニコニコとしている新垣。

神が言った。

「オレら、本当にサツ官なんスか?」

新垣が、パンを呑みこみ、コーヒーをガブリとやって答えた。

「超越したんだよ」

笹原もつづける。

「特務ってやつだな。サツでも軍でもねえ。陸軍中野学校の再来だ」

「ヘェ――――！」と神。

「好きだろ、こんなの」と新垣。

「最高っス」

飛行機はチューリッヒからギリシャのアテネに入った。

さらに、アテネからトルコを飛び越し、いよいよシリアのダマスカス空港へ降りる。

ダマスカス空港に併設された大きな宿泊施設に入った。

各自が部屋をあてがわれ、シャワーを使ったのちに、大食堂で合流となる。

日本から同行した内閣府参与と自衛隊の陸自一佐が食堂に先乗りしていた。

神は約束の午後五時より三十分も早く食堂へ。

そこで見た光景が、神をフリーズさせた。

嬉しさと驚きで声も出ず、一瞬、体の動きも止まった。

そこにはシアトルでねんごろした赤髪ガールと、ニューヨークにいるはずのクルド族の王の一人、マレクザデーがいたのだ！

マレクザデーの横には、駐日アメリカ大使館政治部のＩＶＹリーガー出身マイケル・ドーソンが立っていた。

ドーソンは、神がアメリカ大使館政治部から要請されて、日本の極左学生活動の五流二十二派をレクチャーした時の責任者だ。

ＣＩＡだった。

しかし、マレクザデーはともかく、何故赤髪ガールのシルヴィアが……。

次の瞬間、神は理解した。

まず、ダーイッシュとクルドは敵どうし。そして、シアトルのアルメニア人シンジケートは、トルコと仲が悪い。

トルコの政治指導者は、オスマントルコ帝国以来、アルメニアとは犬猿だ。

となれば、アルメニアは水面下で密貿易をトルコとしていたダーイッシュが嫌い。

ＣＩＡがこの関係に目をつけないはずはない。

日本の公安外事がＣＩＡの立場でも同じことをしただろう。

つまり、神のような珍しい味方の存在をバックアップし、新垣と笹原を参加させ、「おまけにシアトルの一件も把握して」、すべてこのオペレーションに組み込んだのだ。それにしても赤髪ガールのシルヴィアが何故ここに？

直接訊くか。

訊いた。

シルヴィアが答えた。

「あたし……ＣＩＡに入ろうと思ってるの。そう考えてたらアプローチが来たわ」

「！」

神は即座にさもありなんと考えたが、同時に自らが西側情報世界の一員であることにはっきりと気付いたのだった。

うーむ、この事実、悪くない。

陸軍中野学校は一九四五年、七年間の存在に幕をおろしたが、遺伝子は自衛隊や自分らに間違いなく受けつがれた。

さて、十五時間後、オペレーションは開始された。

夜陰に乗じてアメリカ主導の有志連合の空爆が、ラッカに近いタブカに実施される。

爆撃用ヘリコプターが、対空砲火の拠点をミサイルで攻撃して黙らせた直後、ステルス機能のついた六人乗りのヘリがインバージュ村の上に行き、スパイ装備を一式そなえた「降下服」を着て、神、笹原、新垣、そしてイスラエル系アメリカ人のミハイル・スクロドフスキーの四人が、その村にパラシュート降下した。

スクロドフスキーは、父親がポーランド系のユダヤ人。イスラエルの政治指導者ネタニヤフもポーランド系だ。

そして、世界最強の情報機関として名高いモサドの初代長官もポーランド系ユダヤ人なのだった。

米大統領トランプの娘ムコのジャレッド・クシュナーもポーランド系のユダヤ人である。

先にＩＳ《ダーイッシュ》に潜入していたクルド人部隊ペシュメルガの兵士と、村はずれの民家で合流。

民家はＣＩＡの秘匿拠点《セーフハウス》だった。

外見は少し大きめの中東家屋だが、中は入口の部屋を除き、すべてヨーロッパ風の造りになっていた。

ＩＴ機器や通信機、そして地下には武器庫もあった。

パラシュートで降下した神たち四人に加えて、ペシュメルガ兵士四人、そしてシリアの対外情報庁のエージェントが五人いた。

総勢十三人、と思ったが、奥から一人体の大きなヨーロッパ系の男が出てきた。

大相撲の元横綱大鵬によく似た外見である。

スクロドフスキーが言った。

「紹介しよう。ワシントンＤＣ勤務のセルゲイ・バクラーショフだ」

大男がニコニコ顔で日本人三人組の方へ向かって頭を下げた。

「ヨロシク」

笹原が口をひらく。

「こりゃ驚いた。セルゲイ・バクラーショフはアメリカ駐在の外交官だが、原籍はＳＶＲだ」

新垣が訊く。

「ＳＶＲって、あのロシアの対外情報庁かい？」

「そうです。トランプとプーチンが蜜月時代をこさえてるから、こんな組み方も実現したわけだな」と笹原。

バクラーショフが言った。

「ここはひとつ、同じ世界平和の目的で協力しましょうや」

スクロドフスキーが続ける。

「事前に言ってなくて日本の有志のみなさんには申し訳ない。オケージョナルな表現だが、敵の敵は友。今回はこれで行ってもらえないかな」

「かまわんよ」と新垣。

「ウチらはニッポンファーストだ。あんたがたがバックアップしてくれるっつー有難え申し出に感謝してる」と申し添えた。

そして十四人が揃ってメシを食った。

救出作戦についてスクロドフスキーが、メシを食いつつしゃべる。

監禁アジトの場所、見張りの人数、警戒のタイムスケジュール、そして武器。

メシを食ってから約一時間休憩し、十四人全員が、防弾ベストをはじめとする腕や足のプロテクター、神たち三人以外が武器の点検を行った。

アメリカ人たちは、神、笹原、新垣が防弾装備以外、攻撃の小火器も身につけないことに驚き、そしてあきれた。

作戦《オペレーション》の実行計画は緻密なものだった。

アメリカとロシアの特殊部隊がＩＳ《ダーイッシュ》の四拠点を、武器弾薬庫を含めて一斉攻撃する。陽動作戦だが、二方向から攻めて、二方向へ離脱行動を取る。

これは明治以来日本が得意としてきた「二正面作戦」だった。自衛隊の情報機関一佐ＯＢの逢坂氏が修士論文でこの技術を論じ、日本の諜報世界ではバイブルの一つとなっている。

敵は当然、本能的にと言ってよいが追撃し、敵対相手に迫って来る。

アメリカとロシアの特殊部隊を先導するのはイスラエルの軍事情報部シャバックの十二人の分隊だ。

この戦いは、いきなり待ち伏せ《アンブッシュ》での攻撃ではじめ、分断と奇襲の繰り返しで、敵を叩きまくる。

その間に、神、笹原、新垣が、人質救出行動に出る。

訓練はしていたから、必要なのは運と胆力だった。

三人とも胆力においてアメリカにもロシアにも全く劣ることはない。

殺しは外国の部隊がやり、人質救出の実行は神たち日本人がやる。

こうすれば、この一件が明るみに出ても、国際的に問題にはならない、という内閣の読みだった。

早速、監禁のアジトの北側と東側で爆発とＡＫ47の乱射が起こった。

不意をつかれたダーイッシュ戦闘員が北側と東側に指揮命令系統なしに駆け集まった。

爆発と乱射は続き、監禁アジトは二名を残して手薄になった。

それでも二名残すところは充分に用心深い。

ＣＩＡ《アメリカ》、モサド《イスラエル》、ＭＩ6《イギリス》、そしてドイツのＢＮＤ、フランスのＤＧＳＥのエージェントもダーイッシュに入りこんでいて、すでにこのオペレーションに参加していた。

アジトの見張りは二人。新垣が左右に音の出る金属片を投げ、意識を一瞬そこへ向けさせている間に神と笹原が背後から攻撃。見張りは、秒の単位で無力化された。

人質は神たちに救出され、待機していたヘリコプターへ。

しかし、アジトからＡＫ47を持った更に二人が現れた。

目の前と言ってもいい至近距離だ。一秒以下の動きが必要とされる。

神は、ＡＫ47を撃たせないように沖縄空手のサバキ技で接近戦法を取り、空中で発砲されながらも、裏拳を顔のどまん中に叩き込み、失神させた。

一方、笹原もＡＫ47の銃身を小さい右内回し蹴りでソッポを向かせ、足を返して足力で相手のアゴを砕き、倒す。

何が起こったか把握できないうちに二名のダーイッシュは意識が飛んだ。

ヘリコプターは高く飛び上った。

グゥーン！

機体を斜めにしつつ、下からの機銃弾をかわす。夜の空へ、埋め込まれるように消えた。

任務を無事終えた神たち。ダマスカス空港には、驚いたことに、西側情報筋だけでなくロシアのソレとモロにわかる男たちがいた。

西側も東側もない。トランプ、プーチン、ＮＡＴＯ等の合体現場が生まれた。

そこにいる誰にとっても、すごく面白い光景だった。

神と笹原は笑いあった。

「こりゃめったに見られないな、神よ」

「まったくス」

新垣が言う。

「赤髪のねーちゃん、不思議だとは思わなかったか、神？」

「そりゃ不思議ス」

「日本の大学にへえるんだとさ」

「ヘエ、また何でだろう」

「情報機関なら語学だろう。やっぱりアメリカさんも考えてる」

「ちげえねえ」と笹原。

三人は、空港内の大食堂へ向かった。

その大食堂は、航空会社のカウンターがかたまっているエリアを抜け、外側から容易には見えなくしてある三〇〇人ほど収容できる施設だった。

カフェテリア。

ズラリと並んだ野菜、肉料理、魚料理、デザート、米、パン等々から好きなものを大型トレイに入れ、レジで精算するシステム。

新垣、笹原、神の順番で料理カウンターに並ぶ。

並びながら、神は背後に異変を感知していた。

敵意ではない。

しかし、ノーマルなマインドから発せられる「気」ではなかった。

敢えて振り向かない。

大型トレイに、サラダ、スープ、チリビーンズ、ライ麦パン、ビーフのハンガリアングーラッシュ、半分に切った洋ナシを焼いたフルーツディッシュ、ブルーチーズのみのプレート、と取って行く。

神の背中、首、後頭部、鼻、これらの器官は背後の存在の体液、脂肪、呼気などの放出する芳香《アロマ》を知覚していた。

体温も高い。

女……だな。

それもオレをよく知っている。

まだ振り向かんぞ。

殺意は全くないし、逆に包み込むような愛の熱気すら放射されていた。

会計に移った。

直視していたのは、シリア人女性とレジスターだが、視界の端に意識はあった。

イリーナだ！

なぜ、シリアのダマスカス空港にイリーナが?!

六本木のトップレスバーのダンサーのはず。

その考えを見透かすように、ほほえみながらイリーナが言った。

「私よ」

「イ、イリーナ……」

「何故ここにいるのか……でしょう？」

「……」

「私の名前はタチアナ・キコーヴァ。ウクライナ軍事情報省の中佐よ」

「な、なんかそれっぽい出会いになったな」

「父は、イヴァン・キーコフ。ウクライナ軍事情報局長なの」

「参《めー》ったな」

そこへ、笹原が口をはさんだ。

「お前ら、すみっこの席へ行きな」

「了解ス」

新垣も笑いながら料理を口へ運んでいた。

まずい。

と神は思った。

情交した二人の女が同じ国にいる。
どうサバくんだ？
目下の大命題であった。

著者略歴

東京都葛飾区に生まれる。祖父外科医、父内科医、母小児科医。早稲田大学卒業。在学中に一年間英国居住。商社を経て警視庁入庁。地域警察（交番等）、刑事警察（盗犯、暴力犯、強行犯等）、公安外事警察（防諜、外国人犯罪、テロ、情報調査等）の捜査に従事。沖縄剛柔流空手六段。日本拳法三段。警視庁柔道二段。全国警察逮捕術大会の優勝チームのコーチを務める。（社）日本安全保障・危機管理学会の顧問、研究講座講師。日本経済大学大学院講師。漫画『まるごし刑事』原作者。

著書には『警察裏物語』（バジリコ）、『日本警察 裏のウラと深い闇』（だいわ文庫）、『悪の経済学』（KKロングセラーズ）、『心理戦で勝つ技術』（KADOKAWA）、『刑事捜査バイブル』（双葉社）、『警察・ヤクザ・公安・スパイ　日本で一番危ない話』（さくら舎）などがある。

警視庁《けいしちょう》強行犯《きょうこうはん》捜査官《そうさかん》

二〇一七年三月一三日　第一刷発行

著者　北芝《きたしば》健《けん》

発行者　古屋信吾

発行所　株式会社さくら舎　http://www.sakurasha.com

東京都千代田区富士見一-二-一一　〒一〇二-〇〇七一

電話　営業　〇三-五二一一-六五三三　FAX　〇三-五二一一-六四八一

編集　〇三-五二一一-六四八〇　振替　〇〇一九〇-八-四〇二〇六〇

写真　稲村不二雄

装丁　石間　淳

印刷・製本　中央精版印刷株式会社

ISBN978-4-86581-093-6